漫娱图书
SINCE BOOKS
不可思议名家系列

爱伦·坡与太宰治的一次会面

太宰治等 / 著
王新禧等 / 译

长江出版社
漫娱图书

目录

大冒险家

ADVENTURE TOUR

大魔术家

INCREDIBLE SHOW

大思考家

THOUGHT FEAST

要求特别多的餐厅

文 / 宫泽贤治［日］

译 / 王新禧

我只是个早逝的理想主义者。

宫泽贤治

日本昭和时代早期的诗人、童话作家、农业指导家、教育家、作词家。
代表作有《渡过雪原》《银河铁道之夜》。

有两位青年绅士，穿着英国士兵的军服，把锃亮的猎枪扛在肩头，带着两头像白熊那么大的猎犬，在深山小道上踩着沙沙作响的积叶，一边走，一边发着牢骚。

“看来这周边的山里，已经没什么鸟兽了。如果能‘砰砰’地放上一阵子，无论打中啥，都算是过瘾了。”

“要是能在野鹿滚圆的黄肚皮上，卯足劲打上几枪，看着它晃晃悠悠地挣扎转圈，最后扑通倒地，那才爽呢！”

此刻他们已进入大山深处，地形复杂，专门负责领路的向导虽然是个熟练的猎手，也迷失了路径，不知走散到了何处。再加上山势起伏，阴森暗翳，令人倍觉可怖。那两头像白熊一样大的猎犬，忽然两眼发直，丧魂失魄般瘫软在地，呜呜哀叫一阵，口吐白沫直挺挺地昏死过去。

“这回我的二千四百元算是打了水漂啦。”一名绅士上前翻了翻猎犬的眼皮，说道。

“我还损失了二千八百元呢。”另一名绅士仰起头，遗憾地说。

先开口的绅士，面色苍白，懊丧地盯着同伴的脸，说：“咱们还是回去吧。”

“也好。我现在身冷肚饿，正打算掉头呢　”

“嗯，那今天就到此为止了。待会儿在回去的路上，顺道去昨晚留宿的旅馆，花上十元，买几只山鸡带回去，就当作打中的猎物。”

“对，别忘了还要买野兔。反正打到的和买到的，都差不多。咱们这就掉头吧。”

然而迷路的他们，哪能轻易找到正确的方向回家呢？

狂风骤起，吹得野草与树叶哗哗作响，大树也咔咔地摇晃着。

“我肚子饿得受不了了，小腹好痛。”

“彼此彼此。我一步路都走不动了。”

“确实走不动了。唉，饥寒交迫，要是有吃的就好了。”

“是的，我想吃东西。”

两位绅士在沙沙作响的狗尾巴草丛中，你一言我一语。

就在此时，他们无意中回头一望，啊，身后竟有一栋典雅华丽的西洋建筑。大门上悬挂着一块招牌：

RESTAURANT

西餐厅

WILDCAT HOUSE

山猫轩

“兄弟，瞧，盼啥来啥。这儿还挺洋气的。咱们入内瞧瞧。”

“有点古怪哦，这么偏僻的地方竟然有西餐厅？不过……算了，无论如何，总会有食物招待咱们吧？”

“那当然。你没看见招牌上的大字吗？”

“那咱们进去吧！我饿得快倒下了。”

他们在正门前停了下来。正门用白色瓷砖砌成，十分奢华气派。

敞开的玻璃拉门上，写着一行烫金大字：

无论何人皆可随意进入，不必客气。

两位绅士顿时高兴得不得了，互相说道："瞧，果然天无绝人之路。今天虽然辛苦了一整日，但运气可真不错呀。这里居然有一家免费的餐厅。"

"看样子似乎真的会免费招待我们呢！那上面写着'不必客气'，应该就是免费的意思。"

二人互望一眼，点点头，大摇大摆走进门去。入口处有一道走廊，玻璃门的背面又有一行烫金字：

本餐厅特别欢迎发福且年轻的人。

两位绅士见到"特别欢迎"四个字，更加开心："哈哈，咱们在这里特别受欢迎啊！"

"对，因为咱们两者兼而有之，哈哈哈！"

他们沿着走廊直向前走，又有一扇涂着浅蓝色油漆的大门出现在前方。

"这家餐厅有点不对劲，怎么门一扇连一扇？"

"这是俄式建筑。寒带和山区盖的都是这种房子。"

二人正要入内，只见浅蓝色门上用黄字写着：

本餐厅的要求特别多，还请诸位见谅。

"虽然在深山老林里，不过这家餐厅看来客人挺多。实在少见。"

"其实也没什么稀奇。你看东京的那些大餐厅，难道开在大马路上？"

他们这么聊着，推门入内，赫然发现门的背面又有一行字：

本餐厅的要求真的特别多，请诸位一定忍耐再忍耐。

"到底怎么回事啊？"一位绅士开始皱眉头了。

"想必是因为点餐的客人太多，菜肴做起来要花费不少时间，所以请客人多加忍耐吧！”

“有点道理。那咱们快进去吧。”

“嗯，我真想立刻就坐在餐桌边。”

然而，令人气恼的是，面前又有一扇门出现了。一面镜子挂在门旁边，镜子下是一把长柄毛刷。

门上写着一行红字：

敬启诸位顾客，请在此梳好头发，刷去靴上污泥。

“这个要求还算有道理。先前在玄关时，倒是我小瞧了这山里的餐厅了。”

“你看，这家餐厅多讲究礼仪啊！达官贵人们肯定没少来。”

两位绅士按要求认认真真地照着镜子梳好头发，接着将靴子上的污泥全部刷去。

哪曾想就在他们将毛刷放回原处的一瞬间，毛刷竟然一下子变得透明如薄雾，消失不见了。紧接着一阵冷风呼呼地吹了进来。

二人惊讶异常，彼此紧靠着，手忙脚乱、心神不宁地推开门，进入下一间房中。此刻他们心中只巴望着早点吃到热腾腾的饭菜，恢复体力、宁定心神，不然真要饿晕了。

孰料门的背面，又写着一行令人称奇的字：

枪支弹药一律寄存于此处。

往旁边看了看，果然有个黑色柜台。

“这个要求也不过分，哪有带着枪支用餐的呢？”

“不愧是大人物们常来的餐厅。真是文明。”

于是二人卸下枪支弹药，解开皮腰带，都寄存到黑色柜台处。

哪知又出现了一扇黑门，照例写着一行字：

敬请摘帽，脱掉大衣与靴子。

“这咋办？要脱吗？”

“没法子了，脱吧。大人物肯定在里面。”

两位绅士又脱下大衣，摘掉帽子，挂到墙壁的衣钩上；接着脱掉靴子，光脚“吧嗒吧嗒”推门而入。

门的背面又写着：

请将领带别针、袖扣、眼镜、钱包及所有金属尖锐物品，全部寄存此处。

在门的旁边，立着一个涂黑漆的精致保险箱，箱门开着，还备有钥匙。

“哈哈，想必某道菜还带电呢，电碰上金属会有危险，特别是不能碰到尖锐的物品。所以这行字是在提醒咱们，是吧？”

“可能吧。如此说来，用餐完毕后，要在此处结账了？”

“说不准。”

“应该就是这样。”

两位绅士又摘下眼镜、解下袖扣，将身上所有金属尖锐物品全部塞到保险箱里，“咔嚓”一声上好锁。

继续前行，刚走出几步，前方又是一扇门，门旁边还有一个小巧的玻璃壶。门上照例写着一行字：

请将壶里的奶油，均匀涂抹于手脚及脸部。

打开壶盖一瞧，里面满满的全是奶油。

“涂奶油是什么意思？”

“这个嘛……因为屋外很冷，而屋里又太暖和，涂奶油是为了防止乍冷乍热之下皮肤被冻裂。总之，餐厅里肯定有上流社会的大人物在，咱们在这儿说不定还能结交到权贵呢。”

他们赶紧将壶里的奶油细细涂抹在脸上、手上，然后脱掉袜子，又把脚也抹上奶油。这时壶里的奶油仍有富余，他们便假装往脸上涂奶油，偷偷地将剩下的奶油全部舔了个干净。见没被发现，便再度推门而入。一转身，门的背面又写着一行字：

奶油全抹好了吗？耳朵也要抹哦！

门旁摆着另外一小壶奶油。

“啊，是的，我的确忘记抹耳朵了。把耳朵冻裂就不好了。这家餐厅的主人可真是细心！”

“确实是无微不至啊。不过话说回来，我现在肚子已经饿得顶不住了，能快点吃到美味的饭菜就好了。可是这走廊没完没了，啥时到头呀？”

正抱怨着，又一扇门出现了，门上写着数行字：

佳肴立刻就端上来啦。

再等不到十五分钟即可享用。

请将金瓶中的香水洒在头上。

门前放着一个闪着金光的瓶子。

二人急忙拿起金瓶，往头上洒去。

哪知道这所谓的香水，竟然散发出食醋的酸味。

“怎么搞的？这香水的气味为什么像食醋？”

“可能是女侍应生感冒了，嗅觉出了问题，错把食醋误认为香水，装错瓶子了。”

他们又一次推门而入，门背面又写着数行字：

对于如此多的要求，诸位一定觉得厌烦了。

真是抱歉，请见谅。

最后一个要求，请将罐里的盐涂满全身。

面前放着一只小巧玲珑的青色瓷盐罐。两人开始觉得有些不妥，互相呆望着对方沾满奶油的脸。

“这……似乎有些不妙啊……”

“是啊，我也感到不对头。”

“原来‘要求’特别多，不是说点菜的客人多，而是这家餐厅对客人提出的要求多啊！”

“我看这个西餐厅有古怪，所谓的西餐，不是给顾客吃西餐，而是将顾客烹成西餐吃掉！啊……啊……太可怕了……咱，咱们俩……”

说话的这位绅士，浑身颤抖，说不下去了。

“那，咱，咱们，快逃！呜呜……”

另一位绅士浑身上下也在发抖，声音中透着极度的恐惧。

“赶紧……逃！”

他们惊慌失措地拼命去推身后的门，哪知用尽吃奶的力气，那门仍然严丝合缝。

他们只好向前望，只见走廊尽头还有一扇门，门上的两个钥匙孔相当大，还被雕刻成一对银色刀叉的图案。旁边另外写着数行字：

诸位辛苦了。

饭菜已准备就绪。

请进，立刻可以享用了。

钥匙孔中，两颗青色的眼珠滴溜溜地转着，正恶狠狠地盯着他们。

“哇！”

“哇！”

二人吓得魂不附体，浑身巨震，相拥而泣。

这时，从门里传出叽叽咕咕的低语声：“不好，还是被他们发觉了，都不往身上抹盐了。”

“是啊，老大啰哩啰嗦的，什么‘如此多的要求，让您厌烦了’、什么‘请多见谅’啦，写了一堆废话，结果暴露了。”

“无所谓啦，反正咱们嘴边也分不到一块骨头。”

“对。不过到嘴的肥肉如果跑了，老大就要唯我们是问了。”

“是的是的。那快叫住他们吧！喂，喂——亲爱的顾客，请进，快请进。餐碟已经洗得干干净净，菜叶也撒上盐巴了。你们一进来，立刻和菜叶搅拌下，就能盛入白亮的盘子了。快请进呀！”

“嗯，快请进，快请进！要是二位对凉拌沙拉不满意，还可以点火油炸呢。请马上进来吧！”

两位可怜的绅士已经吓得快要昏死过去了，五官紧张得挤到一起，就像被揉皱的废纸一样，面面相觑，浑身战栗，连逃跑的力气都没有了。

门内传来嘻嘻的笑声，随即又响起打招呼声：“快请进来坐啊！别哭啦，那奶油会被眼泪冲走的。啊？老大！是，是，美味佳肴即刻上桌。喂，你们快点进来。”

“快点，快点！老大已围好餐巾，拿好刀叉，正迫不及待等你们上桌呢！那口水流得可长了……”

两位绅士除了哭，没有任何办法了。

就在危急关头，二人身后猛地传来“汪汪汪”的狗叫声。那两头白熊一样大的巨犬破门而入。

钥匙孔里滴溜溜转动的眼珠，顿时消失不见。两头巨犬低吼着，在屋中转了数圈，忽然汪汪大叫，猛扑向用膳厅的大门。砰的一声大门被撞开，巨犬如箭一般直冲入内。

门内一团漆黑，一阵阵“喵……汪……呜呜呜……”的响声，夹杂着沙沙声，不时传出。

不一会儿，整栋西餐厅如云消雾散般，消失无踪。两位绅士置身荒草丛中，被冻得瑟瑟发抖。

四周一望，上衣、鞋子、钱包、领带夹、枪支弹药，东零西散地挂在枝头，丢在树根上。寒风凛冽，吹得野草与树叶哗哗作响，大树也轰轰地摇晃着。

两头巨犬低吼着，跑回他们身边。

身后则传来呼喊声："先生！先生！"

二人顿时精神振奋，高声回应道："喂，喂！我们在这儿，快过来。"

那位担任向导的猎人，披着蓑衣，戴着斗笠，拨开杂草，走到跟前。

两位绅士这才彻底安心。

他们将猎人带来的饭团狼吞虎咽全部吃光，在返回的路上，又花十元买了几只山鸡，回到了东京。

不过遗憾的是，虽然平安回到东京，但他们被吓得如同揉皱的废纸的脸，无论怎么用热水洗泡，都无法恢复原样了。

文 / 江户川乱步［日］

译 / 周檀

怀疑容易成瘾，一旦冒出头，往往像积乱云扩散般，以惊人的速度蔓延开来。

江户川乱步

日本最富盛名的推理作家、评论家，被誉为日本“侦探推理小说之父”。

代表作品有《恶魔》《孤岛之鬼》《月亮和手套》《透明怪人》。

每天早上10点多钟，佳子照例先目送丈夫去官署上班，然后走进和丈夫共用的书房，开始过属于自己的时间。眼下，佳子正在书房里，忙着为K杂志的今夏特别刊创作一部长篇小说。

佳子是一位优雅美丽的女作家。近来，她的名声越来越大，甚至超过了担任外务省书记官的丈夫。因此，她家几乎每天都能收到好几封陌生崇拜者的来信。

今早也是如此，佳子在书房开始工作之前，总会先大致浏览一下那些来自陌生读者的信件。

虽然这些读者来信的内容几乎都千篇一律，但佳子出于女性特有的温柔和耐心，无论是什么内容的来信，只要是寄给自己的，她都会认真地通读一遍。

佳子先从读着不费劲的信件开始，先后读完了两封信和一张明信片，看到最后还剩下一个沉甸甸的，估摸着是小说手稿的信封。佳子已经习以为常，毕竟以前也常常发生这种没有事先通知就突然收到稿子的事情。而且，这些稿子的内容大多也写得冗长又无聊。佳子想着还是多少看一眼吧，于是便打开了信封，取出了里面的纸捆。

果然不出佳子所料，信封里装着的正是一捆手稿。但不知为何，这部稿子既没有标题，也没有署名，而且还突兀地以“夫人”的称呼为开头。佳子心里有些奇怪：那就是说，这不是一本小说，而是一封信咯?

她不经意地又往下看了两三行，却马上从这寥寥数语中感到了异样。尽管有些毛骨悚然，但在好奇心的驱使下，她还是忍不住继续把这封信读了下去。

夫人：

对于夫人来说，我只是一个与您素未谋面的陌生男人。请原谅我的冒昧，因为我将要向您，郑重且无悔地宣告自己的罪孽。

如此这般难以让人理解的开头，想必让夫人您受惊了吧。而我现在，正是要在您的面前，将自己所犯下的前无古人的旷世奇罪，公之于众。

我曾经完全从人类社会中销声匿迹，过了几个月像恶魔一样的生活。在这个世界里，没有任何一个人知道我的所作所为。如果没发生什么意外的话，我或许会永远生活在那个地方，永远不再回到“人间”来。

然而，近来我却发现：我的内心产生了不可思议的变化。而且我还必须得为自己不幸的境遇而专门向您忏悔。我这样说的话，您可能会不明所以。但我还是斗胆请您务必把这封信读完，然后您就会明白我为什么会有此种心境，又为什么必须得向您倾诉。

那么，该从何处开始写起呢?

此事远非人类该有的行为，虽说听上去过于离奇，可又是千真万确的事实。然而我现在却要以人类社会惯用的写信之法来忏悔此事，心下甚感羞愧难当、词穷墨尽。我就算再怎么不情愿也别无他法。因此，我们就先从此事的开头讲起，按着顺序讲下去吧。

我生来相貌极其丑陋，请您务必牢记这一点。否则的话，万一您答应了我的冒昧之请，允许我见您的时候，恐怕光是我这一张丑脸就足以吓您一跳了。我的相貌本已丑陋不堪，而长年不健康的作息，更让我长成了一副任何人不愿看第二眼的可怕面孔。因此，我实在不忍心在您没有心理准备的情况下与您见面。

我天生如此不幸。虽然相貌丑陋，内心却燃烧着不为人知的热情。我常常忘记自己长了一副丑八怪的样子，忘记自己不过是一个一穷二白的工匠的现实，依旧以微薄之躯，不自量力地憧憬着那些甜美而奢侈的梦。

如果老天有眼，让我出生在富裕之家，我便可以肆意挥霍金钱，在纸醉金迷的生活当中排遣貌丑带来的苦闷；或者，如果上天可以多赐给我一些艺术天分，比如诗歌创作才能之类的，那么我也可以在美妙的诗作当中忘却这尘世的繁琐无聊。只可惜上苍薄情，我终究没能享受到上述的任何一种恩惠。于是，我此生只能当一个可怜巴巴的木匠之子，依靠祖传的手艺艰难谋生。

我专门制作各种椅子。我做出来的椅子能让任何吹毛求疵的顾客都说不出一点挑剔的话来，也正因我拥有如此手艺，就连商会的人也对我极为重视，高级椅子的订单都会被送到我这里来。

在这些上等货的订单当中，有些顾客甚至连椅子靠背和扶手上的雕花都有严格的要求。另外，客人们对于椅垫的舒适性和椅子各部分尺寸等方面的偏好也存在着微妙差异。因此，对于木匠来说，想要做出一把上好的椅子，其良苦用心远非常人所能想象。但是，辛苦归辛苦，等到终于大功告成时，我心里的成就感也是难以言表的。说句不客气的话，我心中升腾的这种喜悦之情，应该当代艺术家完成了一件名作时才能相比拟的心情。

一把椅子做好之后，我会先自己试坐一下，看看坐着是否舒服。木匠的生活异常枯燥乏味，我也仅有此时才能体会到这种难以言喻的得意之感，甚至开始浮想联翩：究竟是哪一位达官贵人，抑或是哪一位优雅的女士才会坐上这把椅子呢？有能力定做如此高级椅子的人家肯定也住在与之相称的豪宅里吧！

豪宅的墙壁上兴许还挂着著名画家的油画，天花板上垂挂着剔透而精美的水晶吊灯，地板上铺着价格不菲的毛毯。这把椅子则被摆在一张桌子旁边，桌子上放着娇艳夺目的西洋花草，争先恐后地散发着令人迷醉的甜美香气……

在这些幻想当中，我仿佛成了这座豪宅的主人。虽然只是短短一瞬的痴心妄想，但也足以也让我满足得叹息了。

后来，我的这种妄想变得越发不可收拾。我自知身份，说到底也不过是一个又穷又丑的木工匠人。可是在幻想的世界当中，我成为了一位高贵气派的公子哥儿——端坐在自己制作的华丽椅子上，旁边还站着一位面容姣好的女子，她便是时常与我相聚于梦中的恋人。她会甜美地对我微笑，温柔地认真聆听我的话语。幻象中，我们十指相扣，我们交颈低语，诉说着对彼此的爱慕之情。

然而，我这些柔美曼妙的旖旎幻想总是会被周围的嘈杂打断。临店老板娘的高谈阔论、歇斯底里似的哭喊，周围病儿的哀哭呼唤……

当现实的尸体再度横陈于我跟前时，被打回现实中的我又会重新意识到那个跟幻想中的贵公子大相径庭的丑陋嘴脸——也就是我真实的姿态。

而方才，在幻想中对我甜笑的女子……罢了，面对现实吧。真正的事实就是连附近那些终日灰头土脸地带孩子的女人也不愿意正眼看我，唯一还残留着美梦余韵的，只有我刚做好的椅子而已。然而，就连这把椅子也会在不久之后被人运走，送到一个与我毫无干系，有着千差万别的世界当中去。

正因如此，每当做成一把椅子，我都会被一股不知所谓的陌生感触所淹没。这种无法用言语形容的、令人生厌的情绪终日叠加、积累，渐渐地让我不堪负荷，落入濒于崩溃的境地。

我私心想着：与其日复一日地过着这种蛀虫般的生活，还不如死了一了百了！在工作时，无论是挥动凿子还是钉钉子，或者是在搅拌气味刺鼻的涂料，我始终都在执拗地思考着这个问题。

可是我又转念一想：如今连死都不怕了，难道就不能想想别的办法吗？比如说……

就这样，我的想法愈加可怖。

恰逢此时，我接到了一张从未有过的订单：制作一张十分巨大，且扶手处的布料几乎全是皮质的椅子。订货的是我们Y市一个由外国人经营的旅馆。听说这椅子本该从那位外国老板的故国订货，可是我所在的商会派人极力向那个外国人标榜说在日本也有能造出不逊于进口椅子的木匠，这才让我拿下了订单。正因如此，我废寝忘食，为了做好这张沙发耗尽了心血，最后几乎是贡献出了自身灵魂的一部分。

椅子做成之后，我仔细端详着它，内心涌起一阵前所未有的满足感。这把椅子的做工之出色，连我自己都禁不住看入迷。按照往日的习惯，我将其中一把搬到了光线较好的木板间，然后美美地坐了上去。这椅子坐起来真是舒适极了。靠垫的软硬适度，保持本色（因为我讨厌染色）的灰皮革松紧适中，适当倾斜的椅背触感柔软，两边的扶手向上拱起两道精致的弧线。这把椅子的一切都保持着一种不可思议的和谐，简直可以称得上是浑然天成。

坐在这把椅子上，说是舒服得上了天也不为过。

我将自己的身体深埋在椅子里，一边用双手爱抚着两边的圆扶手，一边静静地发呆。就在这时，我那已成习惯的无尽幻想也如期而至，像彩虹一样带着令人眩目的斑斓色彩涌上我的心头。我以为，这种幻想应该就是所谓的幻觉吧！随着那幻觉一点点铺展开来，我心中的所思所想也逐渐清晰地浮现在眼前。我对此恐惧异常，甚至开始怀疑自己是不是真的发了疯。

忽然，一个非常离奇的想法出现在我的脑海里。仿如恶魔的低语，令人毛骨悚然却又魅惑诱人，让我无法拒绝。明明这个想法就像白日做梦一样荒唐无稽，但最终，我却被它全然蛊惑。

在刚坐下的时候，我的想法很单纯，不过是舍不得离开自己呕心沥血制作出来的椅子罢了。如果可以的话，我恨不得能走到哪里都带着这把椅子。可是在幻想之翼展开的恍惚间，我这种单纯的初心却也在不知不觉中日益发酵，形成了一个极其可怕的想法。已经陷入了癫狂的我，最终决定把这个离奇的想法付诸实践。

就这样，我急忙把订单要求的四把椅子当中自以为做得最好的一把扶手椅重新拆解组合，改造成利于施行计划的形态。

我所改造的是一把体型极大的皮制扶手椅。这把椅子通身铺满皮革，就连几乎垂到地上的挂饰部分也铺了上好的皮料。除了这一特点之外，这把椅子还有一个特别之处，它的椅背和扶手都做得很厚实，而且内部能够连通一个巨大的空间。即使有人藏在里面，也不见得能有人看出来。诚然，椅子都有结实的木制骨架，内部还安装了许多弹簧，但是经由我的适当加工之后（我在座位部分上了漆，只要把手和身体分别伸进扶手和椅背的空洞里，保持一个“椅子”的姿势半蹲着即可），这个空间的大小就足以容纳一个成人了。

因为这些改造工序都是我最拿手的木匠活儿，我便很顺利地做好了。除了改造椅子的构造之外，我还绞尽脑汁地加入了很多便利实用的内部设计——比如在皮料上开一个不易觉察的小缝以便呼吸和偷听外界的声音，又比如在椅背的内部（也就是在下头部所处之地）造了一个隔板，以便储存一些诸如水壶和军用压缩饼干之类的必备用品……为了应对不时之需，我还准备了一个大橡胶袋。如此一来，只要有粮食，我就算要在椅子里连续待上个两三天，也不会有任何不便之感。一言以蔽之，这把椅子俨然已经成了一个人的小屋。

我穿着一件衬衫，打开装在椅子底部的盖子，灵巧地钻了进去。进入椅子里之后的感觉很奇怪。恍惚间，我觉得自己仿佛是走进了一座黑暗而压抑的墓地里。其实仔细一想，椅子内部的“景致”倒也与坟墓并无二致！不过依我愚见，钻进椅子里的那一刻真是跟穿上隐身衣从人间消失了似的，不可思议。

没过多久，我就听到商会的人推着大板车来取这四把椅子了。

我的学徒工（我平素和这个徒弟一起生活）不知内情，便很自然地与来人寒暄应酬。商会的人开始装车时，其中一个力工恨恨地喊道：“这把椅子真出奇地重！”躲在椅子里的我一听这话，着实吓了一跳。好在，他们最终还是归因于扶手椅本来就重，并未过多怀疑。不一会儿，我就听到大板车“咯嗒咯嗒”地走起来了。随着货车的开动，震感通过椅子传达到我的身体，感觉十分新鲜特别。

起初，我真是担心得要命，幸好最后一切顺利。当天下午，我藏身的这把扶手椅被人“扑通”一声扔在了宾馆的一个房间里。后来我才知道，这个房间不是客房，而是一个类似中央大长厅的地方，人们可以在这里等人、看报纸或者吸烟。每天都有形形色色的人在这里频繁出入。

或许您已经猜到了，我实践这一奇想的第一目的，就是趁着四下无人时钻出椅子，在宾馆里四处溜达一下，伺机盗取财物。

毕竟，椅子里藏人这种如此天方夜谭的事情谁又能想到呢？我就像影子一样自由自在地从一个房间逛到另一个房间，等那些人反应过来，高声喊着要抓贼的时候，我却只需躲进椅子中，再屏住呼吸，静静看着他们徒劳地搜寻便可。

也许是因为我的计划过于离奇，所以取得了巨大成功。在到达宾馆的第三天，我就完成了一大堆“工作”。亲身进行偷盗时的恐惧与兴奋之情，偷盗得逞之后难以言表的欣喜之情，看到外面那些人就在我的眼皮底下四处狂奔和叫嚣时的自傲之情……这些饱含无穷魅力的情感都成了我取悦自身的消遣。只可惜，我现在已无暇对此加以描述。因为我发现了一种更为奇妙的快乐——这种快乐比偷盗带给我的快感还要高出十倍甚至二十倍。而且，老实说，剖白这一快乐的来源之所在才是我此番致信给您的真实目的。

事情还得从我藏身的这把椅子被人放到大厅之后开始说起。

椅子刚运到的时候，宾馆的住客和那个外国老板都争着来看椅子做得怎么样，可是不久后外面便没了声音，我由此估摸着屋子里已经没有人了，不过我此刻心里还是怕得要命，觉得若是刚到就急匆匆地从椅子里钻出来实在不妥。于是，我在很长一段时间里（当然也可能只是在感觉上显得时间很长）都一直一动不动，全神贯注地倾听着外面的动静，生怕听漏了一点声音。

过了一会儿，应该是从走廊的方向传来了一阵“咯噔咯噔”的脚步声，这声音听起来很沉重。等到脚步声的主人渐渐走到客房的对面时，因为那边房间的地面上都铺了地毯，那阵脚步声就变得微乎其微了。没过多久，我又听到了一阵粗重的呼吸声，听上去应该是男子发出的。未等我反应过来时，一尊来自外国人的巨大身躯便一下子坐到了我的膝盖上，接着又软软地弹了两三次。我的大腿和那外国人肥硕的臀部只隔着一层薄薄的皮料，几乎就是紧紧贴在一起的。我甚至可以感受到那个外国人的体温，而他宽阔的肩膀则正好靠在我的胸部，厚重的双手隔着皮料与我的双手重叠。另外，我还认为这个人应该会抽雪茄，因为我隔着皮革还能闻到他身上那股男性独有的浓重体味。

尊敬的夫人啊，若是您处在我当初的位置上，您会对当时的情景作何想象呢？那时的感觉是多么令人难以置信呀！由于过分恐惧，我的思维一下子糊涂起来。当时我在椅子内部的黑暗中紧紧地蜷缩着身体，大脑里一片空白，连腋下也直冒冷汗。

在那一整天里，先是那个外国男人，紧接着又有许多人轮番坐到我的膝盖上。他们当中没有任何一个人发现我躲在了椅子里，他们也不可能猜到那所谓的“柔软弹簧”其实正是我有血有肉的大腿。

皮椅内部的世界是伸手不见五指的一片漆黑，我的身体活动在里面也很受限制。可是这个世界却是那么奇妙而富于魅力。在椅子内的世界里，平时司空见惯的“人”似乎成了完全不同的生物。那些所谓的“人”也不过是声音、鼻息、脚步声、衣料摩擦声、或者是几坨圆滚滚的、富有弹性的肉块罢了。我能把他们每个人都区别开，不过不是凭他们的相貌，而是靠我肌肤的触感——有的人大腹便便，摸起来像是一堆滑腻的腐鱼；有的人则瘦骨嶙峋，摸上去就像是一副阴森的枯骨。此外，脊椎骨的弯曲度、肩胛骨的开合度、胳膊的长短、大腿的粗细还有尾椎骨的长短等因素也都因人而异。只要综合上述几点，无论两个人的身高多么相似，也总能发现其不同之处了。人类这种生物，除了通过相貌和指纹之外，其实也可以利用其整个身体的触感轻松区别。

对于异性也是同理。在日常生活中，人们总喜欢根据一个人容貌的美丑来评判他。可是在椅子内部的世界里，这一套就完全行不通了。因为在这漆黑一片的椅子世界里，只有肉体、声音和气味。

尊敬的夫人，请您不要因为我如此露骨的记叙而心生不快，因为我真正想说的话到此才正式开始——不瞒您说，我记得，自己疯狂迷恋的一位女子的肉体，就是第一位坐在我这个“椅子”上的女性。

听声音，我猜想她应该是一个非常年轻的外国少女。当时，休息室里正好没有人，那位少女好像有什么高兴事似的，一边低声哼着不成调的曲子，一边蹦蹦跳跳地进入房间，来到我藏身的椅子前，又猛地一下子坐到了我的身上。猝不及防间，我就与她那丰满且有弹性的肉体来了一次亲密接触。大概是遇上了什么有趣的事，她竟突然“咯咯咯”地笑了起来，两手两脚也“吧嗒吧嗒”地在椅子上乱拍，活像一条在网中活蹦乱跳的欢乐游鱼。

此后的半个多小时里，那位少女便一直坐在我的膝盖上，偶尔唱起歌来时，还会摇摆起身体晃动着合拍子。

对于渺小的我来说，这份经历真是一件足以令人终生铭记的大事。女人实乃神圣之物，我连看她们一眼都诚惶诚恐。可是我这样一个畏缩可怜的家伙，现在却能与一位陌生的外国少女共处一室，共同“享受”同一张椅子。不仅如此，我们的身体还紧紧地靠在一起，肌肤之间只隔着一层薄薄的皮料。就在此时此刻，那位少女十分放心地把全身的重量都压在我身上，还因为四下无人，身体毫不拘谨地伸展着，于是躲在椅子里的我也可以做出拥抱她的样子，甚至可以隔着她背后的皮面亲吻她富有弹性的柔软脖颈。不管我想做什么，此刻都可以随心所欲。

自从有了这一令人着迷的经历之后，我此行的首要目的——盗窃，便开始降为次要。我深深沉醉于感官的世界而无法自拔。我私心以为，椅子里的世界才是我真正的归宿。像我这样相貌丑陋又生性软弱的男人，在现实世界里是寸步难行的，除了勉强能捱过日复一日的耻辱和可怜之外，我几乎一无是处。可当我身处于椅子内部的世界时，我只要能忍受住椅子里的狭小黑暗，就有机会接近美貌的女子，还能聆听她们的声音，触摸她们的肌肤……这些事都是我在现实世界所办不到的。若是在椅子外面的世界，我别说跟女人们搭话了，就连凑近她们都是痴心妄想呀！

我居然在椅子里遇到了爱情，这是多么不可思议却又令人陶醉的事情呀！

没有亲自钻进过椅子里的人是不可能理解我的，因为我的爱情只涉及了触觉、听觉和极少的，只有那么一丁点儿的嗅觉。诞生于黑暗世界里的感情，绝非简单的世俗之爱。甚至可以说，我的这份感情正是来自恶魔之国的爱欲。

其实仔细想想，这个世界上有太多不起眼的角落了。而在这些藏污纳垢的角落里又发生了多少古怪而恐怖之事呢？恐怕答案之惊心，会远超常人所想。

按照我原先的计划，偷盗的目的一旦得逞之后，我便应该立即逃离宾馆。可是，我此刻却因为沉迷于上述这种奇妙的快乐情感，根本不想逃走了。我甚至想永远住在这把椅子里面，永远过着这种当“人椅”的生活。

每当夜幕降临时，我就会从椅子里钻出来。这时候，我总是小心再小心，连一点声音都不敢发出，这样就不会有什么危险。

可即便如此小心翼翼，在椅子里生活数月而不露出一点蛛丝马迹也是很不容易的。因此连我自己都难以相信，我竟然真的实现了完美的“隐身”。

白天的时候，我不得不弯臂屈膝，蜷缩在椅子内部的狭小空间里。因此，好不容易捱到晚上的时候，我全身都会变得麻木僵硬，连站直身子都费劲。最后，我只好像一个断了腿的瘸子一样，一瘸一拐地来往于宾馆的厨房和化妆间。夫人您说，我是不是真的疯了？即便要忍受如此巨大的痛苦，我却仍然舍不得放弃那玄妙的感官世界！

虽然在这间宾馆里，也会有一些旅客仿佛把宾馆当成了家，接连住上一两个月。可宾馆毕竟是一个客人络绎不绝，终日迎来送往的地方。因此，我的曼妙爱情也会因为客人的离去而中途夭折。于是，便有许多个美妙的“恋人”留存在了我的记忆里。只不过我并非记住了她们的容貌，而是在心底里记住了她们的身体。

有的人强壮如精悍的马驹，肌肉紧绷；有的人妖艳如灵巧的盘蛇，骨软筋酥；有的人胖得像一只橡胶皮球，体态丰满而富有弹性；有的人身材好得像古希腊的雕塑，健壮有力、肌肉发达……此外，女人的肉体更是各有不同特征，各具魅力。

在女人走马灯似的变换当中，我又体验到了一种别样的曼妙经历。

有一次，欧洲某个强国的外交大使（我从一位日本男服务员的闲谈中得知了那人的身份）将他硕大的身体坐在我的膝盖上。这个人不仅是一位政治家，更是一位享誉世界的大诗人。因此，我能亲身触摸到这位伟人的肌肤，真是倍感荣幸，兴奋不已！这位诗人坐在我的身上，又与两三个同国度的人聊了一会，然后就离开了。当然了，我根本听不懂他们说了什么。每次打手势时，这位诗人胖墩墩的身体也呼呼地动起来。他那比常人更温暖的身体撩拨着我的神经，令我体验到了一种难以名状的感官刺激。

当时，我突发奇想：如果我手持一把锋利的匕首，从椅子的皮面后对准那个大使的心脏猛地捅下一刀，会造成怎样的后果呢？显然我的这一刀会成为致命一击，那位大使也将必死无疑，而他的母国则会因此掀起轩然大波。那么，日本的政界又会因为这一事件引发怎样的争论呢？日本的报纸媒体又会写出何种煽情的报道呢？

此事势必会对日本与那位大使所属国家的外交关系产生巨大影响，而且，从艺术的角度看，大使的死也一定是这世界的一大损失（毕竟他还是一位诗人）。如今，我只需抬一抬手，便可以轻松制造出如此惊世骇俗的大事件。每思及此，我便由衷感到自豪与得意。

还有一次，某国的一位著名舞蹈家来到日本时，正好也在这家宾馆下榻。我藏身的这把椅子她只坐了一次。可是就算只有这一次接触，她也给我带来了一种与之前那位大使极相似的感觉。我在她身上第一次感受到了一种前所未见的理想肉体之美。然而，我却根本顾不上心生邪念，只是深深地折服于她那脱俗的美丽，像是面对一件精美的艺术品，饱含虔诚，由衷赞美。

除了上述几件事情之外，我还经历了不少事情。这些事情五花八门，或离奇、或罕见，或恐怖……只是，我此番来函的目的，并非为了向您详述个人经历。更何况，这封信到现在为止也已经写得够长了！那么，我们还是尽快进入关键部分吧！

从我进驻宾馆开始，历经几个月，我的命运也发生了变化。我之所以这样说，乃是因为经营宾馆的那个外国老板有事回国了。在回国之前，他把整间宾馆和宾馆里面的所有家具摆件都转让给了一家日本人开的公司。这家日本公司便一改宾馆过去奢侈铺张的经营方针,从经济实惠的角度出发,将宾馆改造为一间平民旅馆。因此,日本公司便把宾馆里那些用不着的家具都委托给了一位大家具商拍卖。而我藏身的这把椅子也被加进了拍卖品的目录里。

听闻此事之初,我顿时感到心灰意冷。可是后来,我又心想:不如就趁此机会,重新回到人类世界,开始一段新的生活吧。

当时,我偷盗的财物也已经不少了,即便回到现实当中,也不必再像从前那样过苦日子了。

虽然被迫离开宾馆一事着实令人失望,但是从另一方面来看,它也蕴含着一种全新的希望——在椅子内部生活的这几个月里,尽管我爱上过许多女性,可是她们毕竟都是外国人,无论她们的肉体如何曼妙出众,在精神却还是有些十分微妙的、不能够满足我的地方。到后来,我渐渐萌生出这样一种爱情观:如果不是与本国人谈恋爱,便很难体会到真正的爱情之美。

我藏身的椅子正好被拿出去拍卖了。我心想:这次,这把椅子或许能被一个日本人买走,然后被买主搁在家里。这也正是我心中的新希望之所在。

带着这样的希望,我决定暂时继续在椅子里生活。被放在杂货店门前的那两三天是最痛苦的,幸好,在拍卖一开始的时候,我藏身的椅子便被卖了出去。这是自然,我的这把椅子虽然旧了点,可是制作精良、形态美观,还是足以吸引眼球的。

椅子的买主是在大城市工作的一位官员。那座城市离Y市不远,从杂货店到那位官员的宅邸也只有几里路。运输椅子的卡车颠簸得很厉害,待在椅子里的我被摇晃得晕头转向的,简直比死还要难受。可是,毕竟这位买主正是我所期盼的日本人。与心愿达成的快乐相比,这点痛苦根本算不了什么。

买主家非常气派。我藏身的椅子被搁置在这座西式别墅的一间宽敞书房里。令我更加满意的是，这间书房虽然名义上是家里男主人的，可是真正使用书房的，却是他那位年轻漂亮的妻子。来到新家之后，大约有一个月的时间，我一直陪伴在这位夫人的身边。除了用餐和就寝之外，这位夫人总是待在书房里，把她那柔软的身体坐在我的身上，专心致志地伏案写书。

我已无需赘述自己究竟有多么爱慕她。她不仅是与我亲密接触的第一个日本人，还是一位拥有着娇美躯体的曼妙女子。直到这时，我才第一次品尝到了恋爱的感觉。与之相比，我此前在宾馆里的种种体验根本称不上是爱情。何以见得？一个最明显的例证就是：我已经不再满足于偷偷爱抚这位夫人，而是竭力想让她知道我的存在。我如此之心境，实在是前所未有。

我心想，如果可能的话，我想让夫人意识到藏在椅子里的我。虽然这只不过是我这等小人物的一厢情愿罢了，但是我还是想努力让夫人爱上我。那么，我要怎么样向这位夫人告知我的存在呢？如果明目张胆地告诉她："这把椅子里藏着人！"想必她吃惊之余，还会转而告诉她的丈夫和仆人，那么我非但得不到爱情，恐怕还得背上可怕的罪名，受到法律的制裁。

于是，我决定先尽力让这位夫人坐得舒服，从而令她对这把椅子产生依恋之情。我相信：夫人作为一位艺术家，一定有着比常人更为细腻的感官和知觉。如果她能察觉到娇臀下的这把椅子也是有生命的，并渐渐把它当成一个有血有肉的活物看待，对它产生恋恋不舍的情感，我便心满意足了。

每当夫人把全身的重量都卸在我身上的时候，我都会极尽温柔地敞开怀抱迎接她；每当夫人在我的身上坐久了感觉到疲劳的时候，她总会轻轻地活动活动自己的膝盖，然后再换一种坐姿；

每当她迷迷糊糊地开始打瞌睡的时候，我便会像摇篮那样，微微摇晃起自己的膝盖，以便助她入眠。

不知是我的良苦用心终于得到了回应，还是我自作多情。最近一段时间，夫人似乎开始爱上我藏身的这把椅子了。她像婴儿躺在母亲的怀抱里或是少女接受恋人的拥抱一样，无限温柔地让身体融化在我这个“椅子”上。她坐在我的膝盖上时的一举一动，甚至是活动身体时的动作都是那样令人眷念。

因此，我的热情之火每日都在猛烈地燃烧。终于，尊敬的夫人！我终于自不量力地萌生出一个大胆的念头——如果我能亲眼看看这位令自己魂牵梦绕的恋人，如果我能亲口与这位朝思暮想的心爱之人说说话，哪怕只是看上一眼，说上一句，我此生也死而无憾。

尊敬的夫人，想必您已猜到了，我所提到的那位爱人就是您！请您原谅，自从您的丈夫在Y市的杂货店把我藏身的椅子买来之后，我便把自己的卑微之爱都奉献给了您，您瞧瞧，我是多么令人可怜、悲哀的男子呀！

亲爱的夫人，我此生唯有一个愿望，那就是亲眼见见您。哪怕只见一次也可！我所求的，不过是想听您亲口对我这样一个丑陋又不幸的男子说些安慰的话，哪怕只有一句也好。除此之外，我别无奢求，也断然不敢奢求。

虽然我深知，自己现在的这一请求也是极尽丑陋和肮脏的。可是，我思来想去，还是想尽力求您答应我这个世间最不幸的男人最后这点厚颜无耻的恳求吧。

为了写这封信，我昨晚便悄悄溜出了您的宅邸。之所以采用写信的方式表达心绪，是因为我顾虑到，若是当面向夫人提出这样的请求，难免会有一定风险。而且实话说，我自己也不认为自己能有勇气做出这样的事情。

当您在阅读这封信的时候，我正徘徊在您的宅邸附近，焦急地等待着您的回应。

如果您答应了我这一不情之请，就请您把您的手帕挂在书房窗边的瞿麦花盆上作为信号。我看到之后，便会像一个偶然到访的来客一样走到您宅邸的大门口。

最后，这封奇怪的信居然以极其真挚的祝福之词作了结尾。

信还未读到一半时，佳子就被一种可怕的预感吓得脸色惨白。不知过了多久，她才无意识地站起身来，从放着那把令人恶寒的扶手椅的书房里逃命似的跑了出去，跑到了一间日式起居室里落脚。佳子原本不想再继续读完那封信，甚至想把信直接撕烂扔掉算了。可是那封信里的内容却总是折磨着她的心，让她牵肠挂肚。于是，佳子最后还是坐到了那间日式房间的小书桌前，耐着性子把信读完。

佳子的预感居然真的应验了！

这件事真是太令人毛骨悚然了！佳子怎么也不敢相信，在她每天必坐的那把扶手椅里面，竟然一直藏着一个陌生人。

“啊，真是太恐怖了！”

佳子不禁打了个冷战。她感觉自己背后好像被人浇了盆冷水似的，由内而外地散发出一股恶寒，令她控制不住地浑身战栗。

面对这突如其来的变故，佳子一下子懵了。接下来应该做什么？她要不要查看一下椅子内部呢？天啊，这世上怎么会有这样令人恶寒的怪事？佳子心想，就算自己的椅子里现在没有藏着人，肯定也残留着那个人所留下的各种食物的碎屑，或者是他带来的令人发指的污秽不是吗？

“夫人，有您的信。”

佳子吓了一跳，猛地回头一看，原来是自家的一个女佣。她的手里还拿着一个似乎是刚寄到的信封。

佳子茫然地接过信封，正准备打开时，她忽然瞥见了信封上写的字，便条件反射般地直接把信封摔到了地上——信封上只写了她的名字，而上面的笔迹竟然跟刚才那封怪信的笔迹一模一样！

要不要打开这封信呢？佳子犹豫了好长时间，终于还是撕开信封，双手颤抖着拿出了里面的信纸，战战兢兢地读了起来。这封信虽然写得极其短暂简洁，可是上面的奇妙内容依然再度出乎她的意料。

冒昧致信，还望海涵。在下平时非常喜欢您的作品，随本函所寄的乃是在下的拙作之一，若能得您读后赐教一二，将是在下的毕生之幸。基于一些不便明说的原因，在下将稿件先于本函寄出，想必您已读完。不知您对此篇评价如何呢？若在下的拙作能给您带来些许触动，那真是再好不过了！

虽然我在给您寄送稿件时故意省掉了标题，不过我已打算将此篇取名为《人椅》。

十分感谢您的阅读，在下冒昧致函，还希望能获得您的谅解。

此致

敬礼

山月记

文 / 中岛敦［日］

译 / 红领巾

可事实是，唯恐暴露才华不足的卑怯的畏惧，和厌恶钻研刻苦的惰怠，就是我的全部了。

中岛敦

日本作家，被称誉是消化吸收了伦理思想的诗人、哲学家和道德家。
主要作品有《环礁》《斗南先生》《狼疾记》《盈虚》《牛人》等。
取材自中国古典文学的有《李陵》《弟子》《悟净出世》《名人传》《山月记》，也留有汉诗。

天宝末年，陇西县有位名唤李徵的书生，博学多识颇具文采，年纪轻轻便高中进士，受命江南尉一职。

然而此人生性狷介，又有几分书生狂气，自诩不凡，小小江南尉一职如何能容得下其胸中之志。于是没过多少时日，他便辞去官职，归隐故园，一心沉迷诗作，与人断了交集。

在李徵看来，与其在那些高官面前卑躬屈膝、阿谀奉承，还不如留下名诗佳作，以流芳百世。然而扬名后世又岂如说来般容易，还没等他梦想成真，穷苦生活的重压便先一步逼来。

焦虑侵蚀了这位年轻的诗人。也是从那时起，他渐渐变得面容枯瘦，身形也显得单薄，与往日高中进士时那容光焕发的少年郎几乎判若两人，但唯有双眼依旧炯炯有神。然而这样的生活终究还是撑不下去了，数年后，家徒四壁的他，为了家中妻儿的衣食所需，不得不委曲求全，再赴东部，在一处小地方谋得了一官半职以维持住生计。但另一方面，或许李徵也已察觉到了自己的扬名之路实属前途渺茫。

往日同居榜上之人，现在多已身居高位，而自己甚至不得不对以前那些不屑于与之相较的人卑躬屈膝，不难想象，这对于生性高傲的李徵来说，自尊心遭受了怎样一种折磨。他终日怏怏不乐，心中的狷狂之火也抑制不住地愈燃愈烈。一年后，终于在一次因公外出留宿于汝水之际时，陷入了癫狂。

这一天夜里，熟睡中的他忽然脸色大变，从床上一跃而起，嘴里喊着些让人摸不着边际的话，丧失理智地往门外冲去，就这么消失在了黢黑的夜色里，再也没有回来。人们搜遍了附近的山野，也没能找到哪怕一丁点线索。李徵仿佛就这样从人间蒸发了，自那之后无人知晓他的下落。

次年，陈郡人袁傪受命监察御史一职，奉命带队出使岭南，途经商於留宿。原想在次日一早天色未明时早早整装出发，却被驿站的小吏告知，因前路常有吃人老虎出没，旅人要想通过，得等天亮了才能安全一事。天色尚早，小吏劝他不如稍作停留，但袁傪却不以为意，对小吏一顿训斥，并仗着自己人多势众执意前行。

正当他们凭借着惨淡的月光在林中缓慢行进时，果不其然一只老虎猛地从草丛中一跃而出。眼看老虎就要扑倒袁傪，那身影却忽地逆转了方向，又一跃回到了杂草中藏匿了起来。随后便闻其中传来阵阵低语，那声音听上去就好似是有人在说："刚才可真险呐……"惊魂未定的袁傪恍惚觉得这草丛里的声音像是在哪里听到过一般。刹那间，他仿佛忆起了什么似的，用颤动不止的声音对着草丛问道："这声音……莫非，你…… 是吾友李徵吗？！"

原来，袁傪曾和李徵同年考取功名登第的进士。也许是因为袁傪的性情温润，与李徵狷介的性子合得来，对于那时知己甚少的李徵来说，袁傪可谓是他最要好的朋友。

袁傪这边话音刚落，草丛那端便陷入了沉默。良久，一阵阵微弱的抽泣声断断续续地飘了出来，紧接着便是一个略显低沉的人声，只听那声音说道："在下正是陇西李徵。"

听闻此言，袁傪瞬间抛开了先前的恐惧，翻身下马来到了草丛旁，欲与阔别已久的友人促膝长谈。他满怀感念，轻声询问对方为何不在他面前现身，李徵的声音却依然只从草丛深处传来："如今我已非人模样，又哪有脸面以这般姿态出现在你面前。你若见了我，必会畏惧，厌恶于我。但今日与故人你重逢的喜悦，已然让我暂时忘记了羞愧，因此，哪怕就有一会儿也罢，请你抛下对我的介怀，就当我还是你往昔的挚友李徵一样，同我讲讲话好吗？"

多年后袁傪回想起此事依旧觉得不可思议，但当时的他面对眼前这幕不合常理的怪异现象不仅一点也没觉得奇怪，反而坦率且平静地接受了。

他下令让部下在一旁列队等候，自己则躬身于草丛一侧，与那声音交谈了起来。谈话里提到了都城的所见所闻、老友的消息，再有袁傪的近况。得知友人被授予监察御史一职时，李徵表达了自己由衷地祝贺。

即便隔着草丛，这两位少年时代的友人也依然一如既往地畅谈着，向对方倾诉着自己最真挚的情感。对话的途中，袁傪询问友人变虎一事的前因后果，草丛中便传来了如下的答复。

"约是在一年前，我因公出游，留宿于汝水旁一家客栈。某天夜里好端端地睡下后，却忽地被惊醒，细细一听，窗外似是有人在唤我的名字。我循着那声音赶到了外头，但在伸手不见五指的黢黑里什么都没瞧见，而那声音却像是要把我引到哪去似的，仍在频频地唤着我。我便追着那道声音拔腿就跑了起来，越跑越远，跑得忘乎所以，以至于等我察觉过来时，自己已经跑进了不知何处的深山老林。更叫人吃惊的是，不知不觉间我竟然已经是四脚着地地奔跑了。有一股不可言喻的力量从我身体内部流窜出来充盈全身，使我能够脚步轻盈地在乱石间奔走跳跃，手肘和手指间也隐约有了毛茸茸的触感。

“等到天色渐明，我跑到溪流旁往里一照，水中已然是一只老虎的模样了。

“我有一瞬间的恍惚，但又立马断定，这肯定是在做梦！但是梦中的我知道这是在做梦又是怎么一回事呢？到现在为止我的确是眼见为实啊。直到幡然醒悟过来这就是现实时，我才终于感到迷茫。同时开始抑制不住地惧怕。这到底是怎么一回事？怎么还会发生这样的事情？我完全想不明白，事情为何会变成这样！

“冥思苦想得不到解脱，自己已经变成老虎的事实逼迫着我无法抵抗，这么真真切切地摆在眼前的事实！

“啊，茫茫众生的命运是何等残酷地被安排！我活着还有什么意义！还不如自寻短见一了百了！

“然而就在此时，眼皮底下窜过的一只兔子剥夺了我全部的注意力，刹那间我感到自己的人性被毫不留情地抽离了出去，等我再度恢复理智时，满地的兔毛和口中的血迹无一不在证明刚才所发生之事……这便是我最初的一番经历。从那以后，我的所作所为便逐渐难以启齿。

“不过，万幸的是，一日里往往会有几个钟头我能回归人类的本性。在这段时间里，我便能同之前一般口齿清晰地说话，同时进行复杂的思考，也能做到吟诵诗文，记得从前念过的经书。但也正因为我能重拾人性，清醒时才会无法原谅自己身为老虎时的残忍行径，不禁愤恨交加，苦不堪言。而且随着这日子一天天地过去，我每日能恢复人性的时间也会渐渐缩短。

“明明一度对自己变身为虎之事无法介怀，近日我却开始思索自己先前为何为人。这种变化着实令我恐慌。恐怕再过一段时日，我便会在猛兽的行为习惯中完全丧失、埋没掉自己身为人类的心智吧。就如同古朝再金碧辉煌的殿宇，也终究会被历史的砂土掩埋一般，到头来我也将会遗忘自己身为人的过去，从此作为一头野兽生存。往后便不会再像这样一样，在路上遇见故人的你也能认出来，甚至会如常理般理所当然、毫无悔恨地将你撕裂，最后拆吃入腹。

“我到底是野兽还是人类，还是其他别的什么生物呢？我是最初就生而为人还是只是忘记了自己本就该为兽呢？难道前半生都只是误以为自己是人了吗？

“不，那种事情怎么样已经都无所谓了。也许只能等到心中仅存的最后一点人性也泯灭，我才能获得解脱吧。只是现在作为一个尚有人心之人来看，这一切的一切都令我恐惧万分。

“啊……这是何等的可怖，又是何等的无助与悲哀啊！这般丧失人性与为人时记忆的痛苦，这世间又有谁人能知！如若不是与我有相似经历者，肯定无法理解我的感受，又从何而谈感同身受……罢了，今日有幸与君重逢，请允许我在彻底变成猛兽之前，再托付你一事。”

听到友人这么说，袁傪立马近了近身竖起耳朵，一旁待命的下属们也是个个屏息凝神，生怕错过了什么。只听那声音继续说道：“并非什么要事，只是我原想作为一名诗人扬名后世，然创业未半却造化弄人落到如此地步。我曾作的诗文有数百篇，都还未曾向世间发布，原稿也不知去向。但其中的约数十篇，我尚能够背诵。是故今日想拜托你为我将其誊写下来。我也并非想凭借这些诗为自己博得什么名号，也不清楚它们能否得到世间赞誉。但作为我这半生呕心沥血的结晶，我还是心存一丝念想，想让其流传于后世，哪怕仅有一篇也好。如若不然，我又如何能瞑目啊。”

听到这，袁傪赶忙命令下人拿出纸和笔，将草丛中吟诵的内容提笔记下。

一时间琅琅之声回响此地。

所吟诗作长短约三十篇，均格调高雅，意趣非凡，从中不难看出作者的非凡才思。然而袁傪在赞叹的同时，也不由得想到，虽作诗之人的水平毫无疑问居于一流，但若真要与流芳百世的名作相比，也许在细微之处，还有所欠缺吧。

将昔日所作尽数托付完毕的李徵，忽地情绪一转，又自嘲了一番："说来惭愧，即便是现今——变成如此丑恶之身的现今，我仍会在入梦之际浮现起自己的诗篇被置于长安风流雅士的案几之上的情景。对，是那躺在岩洞石窟之中的我所做的梦啊！若想嘲笑的话嘲笑便可……本想成为诗人到头来却成了老虎，可悲之人！话已道尽而情却又至，就让我在此赋诗一首，来证明这凶猛禽兽的皮囊之下，尚还活着那个曾经的李徵！"

袁傪又忙吩咐下人动笔，文字又再一次浮出：

偶因狂疾成殊类，灾患相仍不可逃。
今日爪牙谁敢敌，当时声迹共相高。
我为异物蓬茅下，君已成轺气势豪。
此夕溪山对明月，不成长啸但成嗥。

彼时已残月微光，画地为霜，林间微风凄凄，诉说着黎明将至。此情此景早已令各位忘了这件事的本身有多么奇异怪诞，静默中只剩对诗人无常亦无奈的命运所发出的叹息。

李徵再度开口道："先前也提到过，变虎之事对我来说虽福祸害相依，但现在回过头来仔细想想，似乎也并非无缘无故。

"曾经为人之时，我总是极力避免与人接触，世人皆以为我桀骜自大，却不知此乃我自卑之心作祟。虽不可否认，当初被乡邻称道为奇才之时，我确实怀有几分自傲。但这分自傲同样源于我那胆怯自卑的内心。

"我意图凭借诗作扬名四方，却从未拜师虚心求教，也未曾结交过诗友以求精进，我愤世嫉俗不愿与之同流，却始终不敢直面自我。

"这一切的一切，都是我那卑劣的自尊和怯懦之心作祟的缘故。我在惧怕，怕哪天发现自己其实并不是所谓的明珠，所以连自我磨砺的勇气都未曾有过，却又对自己的才华半信半疑，因而摆出高傲之姿，拒与平庸之辈为伍。我愈是逃避世俗，愈是远离人烟，就愈是滋长了内心的怯懦与自卑。

"之后我明白了，人其实都有兽心，人的心魔就是那头猛兽。对我而言，这自卑与胆怯便是我心中的兽，便是这只老虎。我那深深扎根的心魔不但折磨着自己，还连带着使妻儿受累，甚至中伤了那些心怀善意之人，到最后由心化形，终于连外表也变得如此丑恶不堪。

"有句古话说，人这一生，什么都不做就显得太过漫长，若想成一事，却又显得无比短暂，然而事实上，明明才华远居于我之下，却凭借勤学苦练终成名家者大有人在，我却因为不敢直面自身而不断逃避，消极怠慢地度过了这半生，到头来，连原本仅有的几分才华也白白浪费。直到现在变成老虎，我才终于认清了这一点。

"每每思及此，内心便充满悔恨，但如今我再也无法回归人的生活，就算脑海里构思出了绝妙的千古诗篇，也无法将其诉诸纸笔，更何况我的心智，也在一天天地趋于一头猛兽。我这碌碌无为的一生啊！

“每当我为此而无法忍受时，便会登上山顶巨岩，从那里对着脚下的山谷撕心裂肺地吼叫。实不相瞒，昨晚我也在那处对月长啸，但又有谁能够明白我胸中的苦闷呢。那些野兽听到我的吼声，都只会慌张地藏匿起来，那山野、深林、明月和白露……也都觉得这只不过是一头发怒的猛兽在咆哮罢了。

“环视天地间，竟无一人能知我心中苦痛！就如同往昔未曾有人能体会我的脆弱一般……在这无边夜色中湿润我毛发的，难道只是那清寒的夜露吗。”

随着时间流逝，方才还盘踞四周的黑暗已渐渐褪去，从林间不知何处传来了悠长的晓角声，听来竟如此悲凉。

李徵深知自己未几便将回归兽性，便告知友人不得不就此别过。但在最后一刻，他又说道：“离别之际，还有一件事我想托付于你。事关我的妻儿。她们应该还待在虢略，并对我的这番遭遇一概不知。若你南下时路经此地，麻烦请你向她们转告，就说我已经死了，万不可透露半点今日之事。恕我这番厚颜无耻的请求，只是有心无力生悲切，一想到从今往后她们母子无依无靠，孤苦伶仃，我就如何也放心不下，因此恳请你能在她们困苦之际施以援手，让她们不至于饥寒而死。这样一来，我也就无牵无挂了。”

言毕，草丛那端又是一阵悲恸地啜泣。这边的袁傪也是眼眶湿润泛出泪光，苦笑着郑重地应下了友人的嘱托。但此刻李徵却突然又变回了先前那种自嘲的语气，对他说道：“呵，这种关乎妻儿性命的要事本应尽早交代，然我却还对自己那些蹩脚的诗念念不忘……也罢，我本就是那种放任妻儿挨饿受冻，一心只顾自己前程的败类，也难怪我会落得如今这番下场。”

紧接着又交代了几句，李徵嘱咐袁傪若是从岭南归来定不要再前来此处。因为到时候他恐怕已经彻底丧失心智，无法相认，就这么出手攻击也说不定。又告知友人前方百步左右有一处山丘，请其在那里驻足片刻，回望此地，届时自己会以猛虎之姿现身。当然，他说道，自己并非是想夸耀这番勇猛之姿，只希望在看到这般丑恶姿态的故人后，能断了心中念想，不要再前来寻找。

时间已所剩无几，袁傪不得不同友人作了最后的道别，随后一边将友人的叮嘱默记于心，一边翻身上马准备率队离去。离去途中，草丛中再度传出的哀恸哭声使他忍不住频频回首，不觉间，自己也早已是泪流满面。

一行人登上了山丘，按照方才约定扭头望向之前那片草地，果真他们看到了，一只老虎从茂密的杂草中一跃而出，身影落到了小径上。随后它对着已然暗淡失色的月影仰天长啸了两三声，便又纵身一跃消失在草丛里。

之后，便怎么望也望不见了。

鱼服记

文 / 太宰治［日］

译 / 周檀

若能避开猛烈的狂喜，自然不会有悲痛来袭。

太宰治

日本小说家，日本战后无赖派文学代表作家。
主要作品有小说《逆行》《斜阳》和《人间失格》等。

在本州北端，有一段山脉名为梵珠山脉。因其海拔像丘陵一样只有三四百米，所以一般的地图上都不会标记它。传说梵珠山脉一带以前是一片宽广的海洋，镰仓幕府初期的名将——源义经，在逃亡时曾经带着一众家臣一路北上，并在这里登船渡海远赴虾夷之地。当时，他们的船就撞上了这座山脉。据说，那道冲撞的痕迹至今犹存。在山脉大约正中间的位置有一座微微隆起的山峰，在这座小峰的半山腰处有一片一亩大小的红土崖，那便是源义经他们留下遗迹之处。

这座小峰名为“马秃山”。据说是因为从山脚下的村庄远眺的话，这座山峰便形似一匹奔马，由此得名。但实际上它却更像一张老人的侧脸。

马秃山山阴一面因其风景秀丽而颇负盛名。山脚下的村庄是一个微不足道的贫寒小村，满打满算也只有二三十户人家。不过，若是沿着流经村子的那条河逆流而上，只需走约莫两里路便可到达马秃山的山阴一面，那里一道高近十丈的银瀑飞流直下。从夏末起，到秋天都能欣赏到红叶正盛、层林尽染的辽远之景。每逢这样的好景时节，附近城镇的人也会来此游玩，令这座寂静的小山热闹不少。甚至还有人在这瀑布下面开了一间小小的茶棚，以便招待过往游客。

今年夏天快结束的时候，有人在这道瀑布里淹死了。只不过，他并非故意跳入瀑布寻死，而是失足落水所致。遇难者是一个肌肤白皙的城里学生，为了采集植物标本才来到了马秃山的瀑布附近。这一带素来生长着很多珍贵的羊齿蕨，因而引得不少采集者频频造访。

瀑潭三面绝壁高耸，唯有西侧一面绽开一道窄窄的岩缝。岩缝中间孕育着一道溪流，小溪一边淙淙流淌，一边缓慢啃噬着沿途的山岩。另外三面的绝壁因为被瀑布四溅的水花所濡湿，经年累月下来，便长出了丛生的羊齿蕨。在飞瀑日夜不绝的轰鸣声中，这些植物也终日瑟瑟摇摆，似乎也在循声律动。

那个学生开始攀着绝壁向上爬。虽然晌午已过，可是初秋的明亮阳光仍然留在绝壁的峰顶上。就在学生爬到绝壁中间时，他用来踏脚借力的那块脑袋大小的岩石突然崩落，整个人就像是被剥落了似的从悬崖上坠落，坠途中勾到了绝壁上一棵老树的树枝，可惜枝条却被他压断了。最后，学生只好惨叫着重重跌进瀑布里。

当时刚好在瀑布附近的四五个人亲眼目睹了事件全过程。不过，只有坐在瀑潭旁边那间茶棚里的十五岁小姑娘看得最清楚。

那个学生曾经一度沉到了瀑潭深处，可是没过多久，他的上半身就突然冒出了水面，只是双眼紧闭，嘴唇微张。他那天蓝色的衬衫已变得破烂不堪，而那采集植物的背篓却还背在肩上。

随后，那个学生的身体再一次像是被某种力量操纵了似的，猛地被吸进了潭底，此后便再没有浮上来过。

从春土用[①]到秋土用[②]的这段时间里，只要天气好时朝着马秃山的方向远眺，便可看到山顶上升起的几道白烟。因在这一时节生长的山树最为茂盛，极适合烧成木炭，所以，这段时间也是烧炭匠人们最为忙碌的时候。

马秃山上有十几间烧炭小屋。在瀑布附近也有一间，因为屋主是外乡人，便把小屋盖得离其他人的屋子特别远。茶棚里那个十五岁的小姑娘素羽，就是这个外乡人的女儿。

素羽跟父亲相依为命，终年生活在那间瀑布小屋里。在素羽十三岁时，她的父亲就在瀑潭边上用圆木和芦苇编成的帘子盖起了一间小茶棚，在茶棚里兜售柠檬水、咸味仙贝、麦芽糖和几种其他的粗粮点心。

每到夏天时，马秃山的游客就渐渐多了起来。素羽的父亲便开始每天早上把那只装满商品的手提篮搬到茶棚，素羽则跟在父亲的身后，光着两只脚丫“哒哒哒”地走。到达茶棚之后，素羽的父亲要折返回到烧炭屋去，素羽则一个人留下来看店。父亲嘱咐她，只要瞥见人影，她就要大声吆喝一句：“请进来歇歇脚再走吧！”可是，素羽那曼妙的嗓音总是会被瀑布的轰响声无情地淹没，连让行人回一下头都很困难。于是，可怜的素羽哪一天也没卖出去过 50 文钱。

到了黄昏时分，被炭火熏得乌漆墨黑的父亲从烧炭小屋里走出来，到茶棚去接女儿回家。

“今天你卖出去什么了？”

“什么都没卖出去。”

“这样啊，这样啊……”

---

①注：即立春前18天

②注：即立秋前18天

父亲像是毫不在意似的，一边喃喃自语，一边抬起头仰望瀑布。然后，父女两人把茶棚里的商品收回手提篮里，再一起走回烧炭小屋。

这样的生活一直持续到霜降那天。

父亲从来不担心把素羽一个人留在茶棚里会有什么危险。素羽是在山里长大的丫头，自小熟识山性，一脚踩空山石，跌进瀑布里被瀑潭吸走的可能性几乎为零。天气晴好的时候，素羽就会脱光了衣服游到离瀑潭极近的地方，游着游着，若是看到了旅客模样的人，她就会把自己那一头红褐色的短发用力向后一拢，然后朗声吆喝道："请来茶棚歇歇脚再走吧！"

若是下雨天，素羽就会在茶棚的角落里铺一张席子，然后躺在上面睡午觉。茶棚旁边有一棵高大的橡树，它繁茂的枝条刚好能挡在茶棚上方，成了一顶很好的遮雨棚。

以前的素羽遥望着这道呼啸奔流的瀑布时，心里便会想：这瀑布照这么流下去，早晚有一天得流干了！可是她又心生奇怪：为什么瀑布每天流走了这么多水，却还是毫无干涸的迹象呢？

又过了段时间，素羽的思考更深了些。

素羽发现瀑布的形态并非毫无二致。她明白了：银瀑倾泻时水花飞溅的样子也好，瀑布水帘的宽度也好，其实都在不断发生着令人目眩的变化。她甚至还猜测瀑布实际上并不是水，而是云。因为一旦这些水流从瀑布口奔流而下，它们就会变作一道道白烟滚滚上升。素羽心想：无论如何，水都不会纯白到这种地步的！

某一天，天气阴沉，素羽照旧呆呆地站在瀑潭旁边。飒飒的秋风扑打在她红扑扑的脸颊上，吹得她有些刺痛。

素羽想起了很久很久以前，父亲抱着她守炭窑的时候给她讲过的一个故事。

从前有一对樵夫兄弟，哥哥叫三郎，弟弟叫八郎。有一天，八郎在那条从马秃山顶流下来的小溪里抓到了几条名为真鳟的鱼。他把鱼带回了家，趁着三郎还没从山上回来时，便先烤熟了一条鳟鱼吃掉了。没想到，鳟鱼的味道实在是太好了。八郎连吃了两三条还停不住嘴，最后居然把鱼全吃光了。吃完烤鱼后，八郎觉得口渴得不得了，就把井里的水都喝干了。可是他还觉得不解渴，就跑到村郊的河边继续喝水，喝着喝着，他的身上居然长出了斑斑点点的鳞片。等到哥哥三郎终于回来的时候，八郎已经变成了一条可怕的大蛇，正在河水里游呢！

“八郎呀！”哥哥三郎悲痛地喊道。

河里的大蛇一听，也落泪回应道：“三郎呀！”

兄弟两人一个站在岸边，一个游在水中，互相呼唤着彼此的名字。他们一边哭一边喊，可惜终究无济于事。

当时听了这个故事之后，素羽就变得非常伤心。难过得把父亲沾满炭粉的黑手指捂到自己嘴边，呜呜地哭了。

素羽从回忆中回过神来，狐疑地眨了眨眼睛。眼前的那道瀑布似乎仍在喃喃低语：八郎呀，三郎呀，八郎呀！

父亲拨开缠绕在绝壁上的爬山虎的红叶，从远处走了过来。

“素羽呀，今天都卖掉什么啦？”

素羽没有回答。她使劲擦了擦被瀑布的水花沾湿了的鼻尖，父亲则默默收拾好了茶棚里的东西。

从茶棚回到她们居住的烧炭小屋大约要走三町远的山路，素羽和父亲就踩着沿途生长的山白竹慢慢前进。

“茶棚已经可以关了啊！”父亲一边说着，一边把手提篮从右手换到左手。篮子里的汽水瓶相互碰撞，叮当作响。“等秋土用一过，就没人再来山里玩喽！”

每到夕阳西下时，呼啸的山风便占据主场。当一阵风呼啸而过之后，栎树和冷杉的枯叶就像雨夹雪似的漫天飞舞，飘落到父女两人身上。

“爸爸！”一直跟在父亲身后的素羽忽然开了腔，“你活到现在是为了什么？”

父亲一愣，宽阔的肩膀突然一紧。他凝视着表情严肃的女儿，片刻，才喃喃自语道：“我也不知道啊。”

素羽的手里正拿着一根芒草，她一边咬开芒草的叶子，一边说：“连活着的理由都没有，那还不如直接死了呢。”

父亲闻声抬起手来。他本想扇女儿一巴掌，却又犹豫地把手放下了。他其实老早就发现素羽的心绪有所变化。可能是因为女儿终于要长成大姑娘了吧，这么一想他就有些不能接受，也不再计较女儿顶撞自己的事了。

“这样呀，这样呀……”

父亲这句没头没脑的回答让素羽觉得愚蠢至极，她一边“呸呸”地吐出芒草的叶子，一边生气地喊道：“傻瓜，大傻瓜！”

盂兰盆节之后，茶棚一关，素羽最讨厌的季节就开始了。

每到这个季节，父亲每隔四五天就会背着炭火进村去卖。本来托别人卖炭也可以，可是这样一来，父亲就要付给委托人十五或二十文钱当酬劳，这又是一笔很大的开销。于是，父亲便总是亲自到山脚下的村里去卖炭，留下素羽一个人看家。

天气晴好的日子里，素羽就会跑出家门，到山里去采蘑菇。父亲烧炭的赚头实在有限，一袋木炭能赚到五六文钱就算是好买卖了。因为光靠烧炭挣的钱实在无法维持生计，父亲就会让素羽再采些蘑菇回来，然后一并带到村子里卖钱。

山里有一种小蘑菇名为“滑子菇”。这种蘑菇的表面滑滑腻腻的，卖价非常高。滑子菇就长在羊齿类植物丛生的枯木上。素羽每次远远望向枯木旁的青苔时，都会回想起自己唯一的朋友。她喜欢先往装满蘑菇的篮筐上面撒一层青苔，然后再回到小屋去。

木炭也好，蘑菇也好，一旦卖出了好价钱，父亲铁定会满身酒气地回到家里。有时候，父亲也会给素羽买回一些诸如镶嵌着镜子的纸钱包之类的小玩意儿。

那一天，寒风凛冽。肆虐的北风从清晨便叫嚣着占据了整座大山，刮得山上的树木摇头晃脑，连盖在小屋顶上的席子也被吹得微微掀动。而父亲早在天刚蒙蒙亮时就已经下山往村里去了。

素羽窝在小屋里待了整整一天。今天，她还难得地洗了头发，又在自己的卷发上系上了印有浪花图案的纸发绳——那根发绳是父亲送的。做完这些之后，素羽就点着了炉火等待父亲回家，野兽的嘶叫声混杂着风吹树叶的沙沙声中传入她的耳畔。

天色渐渐暗了下来，素羽便一个人吃完了晚饭。今天的晚饭是黑米饭拌烤味噌。

到了夜里，风终于停了，屋子外面寒气逼人。在如此寂静的夜里，原本就人迹罕至的山上肯定要发生一些咄咄怪事。素羽一会儿听到外面传来“嘎吱嘎吱”的声音，仿佛是天狗在砍伐大树。一会儿又听见门口传来“沙拉沙拉”的声音，仿佛是谁在小屋附近淘洗红豆。过了一会，她还清晰地听见远处传来了山鬼的笑声。

素羽等父亲等得不耐烦，就裹着草席在炉子边躺下睡着了。在她睡得迷迷糊糊的时候，她隐约感觉好像有个什么东西一直在不时地悄悄掀起门口的草帘，偷偷窥视着屋里动静。素羽心想：

可能是山鬼在偷看吧！于是便一动不动地佯装熟睡。

屋子里的炉火未熄。在微弱的火光映照下，素羽依稀看见了一团白花花的东西飘进了屋子里，又轻轻落到了地面上。

“是初雪呀！”半梦半醒间的素羽忍不住高兴起来，然后不顾一切地冲到了屋子外面。

寒风裹挟着雪片猛烈地拍打在素羽的脸上，她不禁瘫坐在了地上，她的头发、衣服，很快都成了白花花的一片。

不知过了多久，素羽才终于爬起身来，一边大口大口地喘着粗气，一边在雪地里深一脚浅一脚地走了起来。她的衣服在凛冽寒风的蹂躏下变得皱皱巴巴的，可她却像毫不在意似的，一直向前走着。

素羽头也不回地向前走着，时不时用掌心擦一擦鼻涕。瀑布奔流的声音在她耳畔听来越来越清晰，可她的脚步仍然不停，直到那瀑布的轰鸣声仿佛已经被她踩在了脚下。

隆冬时节的枯树在风中摇曳，仿佛在迎风怒吼。素羽在那枯枝落叶的缝隙之间，轻轻地叫了一声，随后便纵身跳进了瀑布里。

不知过了多久，清醒过来的素羽四下看了看，周围是一片昏暗。她隐约感觉到瀑布就在自己头顶的上方奔流，而她的身体也随着瀑布的轰响晃动。此刻的她，觉得浑身上下都冷到了骨髓里。

“哈哈，原来这是在水底呀！”

素羽明白过来之后，立刻感觉身心清爽、畅快无比。

她只要猛地一伸双脚，便能让身体前进了。她可以无声无息地向前游动，鼻子还差点儿撞上了岸边岩石的棱角。

大蛇！

素羽高兴地想：原来我变成一条大蛇啦！

她自言自语地说：“真好呀，我再也回不去那个烧炭小屋了！”说完还甩了甩嘴边的两根长须。

其实，她只是变成了一条小小的鲫鱼。她刚才的喃喃自语，在外人看来也不过是鱼嘴一张一合，鼻头上的瘊子跟着蠕动几下罢了。

这条小鲫鱼在靠近瀑潭的深渊里自在地游来游去。岸上的人刚见它轻轻摆动胸鳍，浮上水面，可一眨眼的工夫，它就又猛地一甩尾鳍，钻到潭底去了。

它愉快地嬉戏着，一会儿追逐水中的小虾，一会儿又藏进岸边的芦苇丛里，一会儿又去吮吸岸边岩石上的苔藓。

后来，它忽然停下不动了，只有胸鳍时不时频摆一阵，像是在思考着什么。这样的姿态维持了好一阵子。

最后，才又重新扭动起身体，径直朝着瀑潭中心的漩涡处游去。像一片落入漩涡中的叶子，顺着水涡滴溜溜地转着，转瞬间消失得无影无踪。

盛开的樱花林下

文 / 坂口安吾［日］

译 / 周檀

余将成为伟大的落伍者，有朝一日重现于历史上。

坂口安吾

日本作家。
代表作品有《风博士》《白痴》《堕落论》《不连续杀人事件》。

每到樱花绽放的时节，人们就会兴致勃勃地来到樱花树下，畅饮美酒、大啖丸子，然后一边在花下散步，一边说些“无双美景”“春花正好”之类的话。其实这些话都是谎言。

一定要问理由的话，那是因为众人齐聚在樱花树下酒醉呕吐、聚众斗殴之事，都起源于江户时代。而江户时代以前的日本人根本不会认为樱景至美，反而只会觉得那樱花树下恐怖骇人。

近几年来，一旦提到“赏樱”二字，人们就会自然联想起聚众饮酒导致的斗殴之事，或者是人头攒动的热闹快活之景。可若是把“人”这一元素从樱花树下的风景中抽离，那么浪漫的樱花之景反而会变得可怕。能剧[①]当中也有类似的故事——一位母亲遍寻被拐走的爱子均了无结果，后来，她发疯似的寻到了一棵樱花树下，在漫天飞舞的花瓣中看见了儿子的幻影。最后这位妇人因癫狂致死，死后则被铺天盖地的落花所淹没。

总之，在一片樱花盛开的树林里，若是人迹无存，则实为可

①注：日本传统戏剧

怖之事。

在很久以前，穿过铃鹿岭的山路必须要经过一片樱花树林。樱花未开时还好，若是到了开花的季节，每一个途径樱花树下的旅客都会觉得心惊不已，恨不得赶紧从盛开的花树下逃走，跑到那些枝丫尚绿或是已经枯萎的树下去。若是一个人旅行倒还方便一些，碰上樱花林时，只要独自狂奔到其他树下即可。可若是两个人结伴而行，那可就是考验友谊的时候了——毕竟，跑步的速度因人而异。跑得慢的那个人即使在后面大声吼着："喂，等等我呀！"跑在前面的人也肯定不会搭理他，毕竟他也正忙着赶紧逃离樱花树下呢！因此，只要经过铃鹿岭的樱花树林，无论感情多好的朋友也会心生嫌隙，再也不相信彼此的友谊了。

后来，旅客们便都会避开那条开满樱花的山路，宁愿绕远也要选别的路来走。日子久了，这片樱花树林便彻底远离了旅人们的行脚路线，成了残留在寂静山野中的一道孤景。

在那之后几年，一个山贼住进了这座山里。这个山贼生性残忍，以在荒山野径之中打劫旅人为生，剥衣斩首，从不留情。可连他这种凶残成性的人走到这片樱花树下时，居然也莫名胆寒起来。有此经历之后，山贼就特别讨厌樱花。他还经常暗自腹诽：樱花这鬼东西真是可怕呀，看起来就让人不舒服！

当他站在樱花树下时，即使没有风，他也总觉得能听见风的嘶叫声。明明周围连一点风吹草动的声音都没有。陪伴在山贼身边的，只有他自己的影子和脚步声。他站在樱花树下，任凭全身被刺骨的寒意和纹丝不动的"风"所包围。樱花的花瓣缓缓飘落，仿佛他的灵魂也随之渐渐凋零。倘若闭上眼睛，大喊着从樱林里逃走，就会撞上另一棵樱花树，来来回回最终落一个癫狂的下场。

所幸山贼毕竟也是个镇定自若，不知后悔为何物的男子。虽然他总觉得这樱林里有哪儿不太对劲。可是他还是在心里安慰自己：还是明年再考虑这个问题吧，等明年花开了的时候，老子再来这里好好思考一下！

山贼一直这么拖延着，今年想着明年再说，明年想着后年再说，结果一年一年都这么过去了，就这样过了十几年。

在这十几年里，山贼终于不再是当初那个形单影只的男子了。他娶了七位妻子。很快，山贼又得到了第八个妻子——他在旅道上杀了那女人的丈夫，然后抢走了她。

自从杀害了那女人的丈夫之后，山贼便觉得哪里不太对劲。他知道心里那种感觉跟他以前杀人越货时都不一样，可他又说不上来究竟哪里不同。不过，他本来就不是一个非要打破砂锅问到底的人，所以也没有对此事加以深究。

山贼起初并没有打算杀害那女人的丈夫。他原本只想按往常的习惯，把对方的衣物剥下之后，就一脚踹他滚蛋的。可是，他却一眼发现了那人身边站着的那个女人。她实在生得太美了，等到山贼终于回过神来时，自己居然已经手起刀落，杀掉了那个可怜的丈夫。这事不光让山贼自己大感意外，他回头一看，发现那女人也双腿一软瘫坐在地上，怔怔地望着他，似乎受惊不小。

山贼对那女人说："从今天起，你就是老子的人了！"

女人应声点了点头。于是，山贼便想伸手拉她起来，可是她却推说自己腿吓软了走不动路，央求他背着她走。山贼满口答应，轻轻将那女人背到背上，然后大步往家走。他们走到一处陡峭的山坡前，山贼说这里地势太险，准备把女人放下来让她自己走。

可是那女人却始终紧紧地抓着山贼的背，说什么都不肯下来。

"你也不想想，连你这种长年生活在山里的壮汉都觉得陡坡险峻，我一个弱女子又怎能爬得过去呢？"

“也对也对，好吧好吧！”山贼虽然有些疲惫，好在心情还很不错。“不过，你还是先下来一会儿吧。老子倒不是因为累了想歇口气，只不过老子的眼珠儿没长在后脑勺上，从刚才把你背起来之后，老子就一直看不到你，心里真是痒痒得不得了。你且先从我背上下来，让老子再好好看看你那张美艳出尘的脸吧！”

“不要啦，不要啦！”那女人紧紧搂住山贼的脖颈，撒娇道：“这种荒无人烟的鬼地方，我可一刻也待不下去！你就别歇了，赶紧把我带回家吧。要不然，我可就不嫁给你啦！若是你想辜负我，我还不如咬舌自尽算了！”

“好啦好啦，听你的就是了。以后你说什么，老子就做什么！”一想到日后的生活都能与背上的美艳妻子朝夕相伴，山贼就觉得自己幸福得快要融化了。他挺起胸膛，撑着肩膀转了一圈，炫耀似的让他背上的女人看了看四周的大山，然后得意扬扬地说：“告诉你，周围这些大大小小的山头全都是老子的地盘！”

可是，山贼背上的女人却一言不发，对他的言行毫不理睬。山贼心里有些意外，同时又觉得有些失落。

山贼不死心，继续说道：“喂，你听明白了吗？你眼前的每一座山、每一棵树、每一处山谷，甚至是那山谷中飘动的云彩，全都是老子的！”

女人终于开了腔：“你快点走吧，我可不想待在这种满是山石的悬崖下边。”

“好啦好啦，咱们这就回家。等到家之后老子再给你做点好吃的！”

“你就不能再走快点儿吗？要不然，你就跑着上坡吧！”

“这山坡这么陡峭，老子就算没有背着你，也很难跑着上去呀！”

“你真是白生了一副孔武有力的样子，想不到这么没出息！哎呀，可惜我又嫁给了一个窝囊废！唉，这以后的日子该怎么过呀！”

“你胡说些啥，不就是一道坡吗，怎么可能难得住老子！”

“哎呀，真急人！你应该也已经累了吧？”

“别胡说，等老子爬过了这道上坡，就让你好好见识一下，什么叫跑得比鹿都快！”

“可是你已经气喘吁吁，连脸色都发青了呀。”

“万事开头难嘛！等老子攒攒力气，甩开步子跑起来之后，你可别在我背上喊晕呀！”

山贼虽然嘴上说得强硬，其实身体早已经筋疲力尽了。他的每一个关节都像快散架了似的，等他好不容易走到家门口时，他已经累得耳鸣目眩、口干舌燥，连说句话的力气都没有了。山贼的七个妻子殷勤地从屋子里走出来迎接丈夫，可惜山贼自己却只感觉浑身僵硬，全身上下只剩下把背上的女人放下来的力气了。

山贼的七个妻子看着那个即将成为丈夫第八个妻子的女人。她们每个人都被那女人出尘的美貌深深折服，而那个女人却也因眼前这七个女子的满身污浊而大感吃惊。在这七个妻子当中，也曾有人有过脱俗之美，只可惜，她们如今已经风华不再、倩影无存。

那女人看了看她们，忍不住感到一阵阵反胃。她转过身去，背对着山贼问道：“这群村姑是干吗的？”

山贼回答说：“她们都是老子以前的老婆！”

不知如何应答的山贼在脱口回应的一瞬间，故意加上了一个“以前”来修饰。虽然这个答案还算不错，可是那女人却依旧不依不饶。

“哎呀，这些就是你的老婆们呀？”

“这，这个……这是因为老子以前不知道这世上还有你这么美丽的女人呀！”

“那你去把那家伙的头砍了！”

女人指着山贼七个老婆当中脸型最为好看的一个人，命令道。

“等，等一下！咱们留她们一命，以后就把这些家伙当成女佣使唤，不是也挺好吗？”

“你把我的丈夫杀了，却对自己的妻子下不了杀手，你这种优柔寡断的人还想娶我当老婆吗？”

山贼无言以对，倒吸了一口凉气。突然，他从平地上一跃而起，瞬息之际，刀影一闪，女人刚才指过的那个老婆便倒在了血泊当中。

“还有这个人，你再把这个也杀了！”

山贼本来还有些迟疑，可是很快又斩钉截铁地走上前，一刀抹了另一个老婆的脖子。刚被斩掉的头颅还在地上滚动着，女人却又操着那副温软透亮的嗓音开始指定下一个死者了。

“下一个杀她！”

被指定的那个妻子用双手捂住脸，“啊”地惊叫一声。山贼的刀划破当空，猛地斩断了那声惊叫。其他幸存的几个妻子这才终于缓过神来，开始四散逃命。

“别让她们跑了！树后面藏着一个，还有一个要往山坡上跑了！”

山贼紧紧握着那把血淋淋的刀，根据女人的指示在树林间东跑西奔地追捕逃跑的妻子们，只有一个跛脚的妻子因为吓得腿软而瘫在原地。后来，山贼终于杀光了所有逃跑的妻子们。他拎着刀回到原地之后，又准备对那个跛脚的妻子狠下杀手。

“算了，就留她一命吧！我要这家伙当我的女佣！”

“既然都杀了这么多人了，就顺手连她一起宰了吧！”

“我都说了不杀了！你这个笨蛋！”

“啊，也是，好好好，都听你的！”

山贼把手上那把滴血的刀丢到一旁，一屁股坐到地上。一阵力尽之感席卷而来，恍惚间，他还以为自己本就生根于大地，而他的精神和沉重的身体则是完全分离的。等他缓过神来时，他便感受到了周围的死寂，紧接着，一种惊涛骇浪般的恐惧感就涌上了他的心头。他猛地回头一看，发现那个被他掳回来的女子正带着些许落寞伫立在一旁。

山贼觉得自己好像刚从一场噩梦中醒来，而自己的身体也好，灵魂也罢，怎么都像被那美得勾魂摄魄的女子吸走了似的，除了目不转睛地凝视她以外，自己别无他法。

山贼心里很不安生。更要命的是他根本不知道自己为何不安，怎么会不安，到底在不安些什么。他只知道，眼前的这个美人令他神魂颠倒，令他可以全然忘却胸中那如潮水般的不安之感。山贼觉得这种不舒服的感觉似曾相识，可是又想不起来与之相似的情感究竟产生于何时何地。

“啊，老子想起来了！”

山贼在一瞬间恍然大悟——此时此刻的心境跟他当年走在樱花盛开的树林里，走在樱花树下的感觉真是太相像了！可是到底像在哪儿，又是怎么个像法儿，他却又答不上来了。毕竟，山贼一直都是一个只看表面而不计较深意的男人。

山里漫长的冬天终于过去了。虽然在山顶、山谷和树阴下尚有积雪，可是白天里那明媚的阳光已经预示着繁花盛开的春天就要来了。

“等到今年的樱花开了的时候……”

山贼暗暗回想：其实，以前每次他走到樱林附近时，倒还不会觉得特别可怕，于是他就壮着胆子，径直朝樱花树下走去。可是走着走着，他就会觉得不太对劲了——他前后左右四处张望，目之所及，尽是樱花蔽空之景，而他越往樱林深处走，心里就越是发毛。

山贼心想：今年，老子非要走到繁花满树的樱林里站着去！不，不要站着，老子干脆就一屁股坐到地上！对了对了，到时候把那个女人也带去吧！

想到这里，山贼不禁偷偷瞥了一眼身边的女人，忽感一阵心悸。他急忙把视线移开，同时在心里深深烙下了一个念头——千万不能让那女人知道自己刚才的想法。

山贼这位新进门的妻子非常任性，无论山贼多么用心地为她准备美味佳肴，她都能从鸡蛋里挑出骨头来。山贼为她满山遍野地打猎，为她抓来了鸟和鹿，甚至还为她猎到了野猪和大熊，而那个跛脚女佣则整日在山林中搜寻能吃的嫩叶、草根和野菜。可即便他们对她周到至此，那女人还是从来都没有满意过。

“你每天就给我吃这种东西吗？”

“这已经是最好的山珍美味了！你嫁进来之前，我们得等上十天才能吃上这样的饭菜。”

“只有你这种在山里过活的粗人才会觉得这么低贱的食物能吃，我可咽不下去！这山里如此冷清，漫漫长夜里也只有猫头鹰的叫声相伴入梦，哪怕有些好吃的也行呀，可惜这里连吃的都比不上京都！你可知京都风雅为何物？你把我和京都的风韵无情地隔开，你可知我心里有多难过？你把京城的风雅从我身边夺走，可你回报我的，却只有乌鸦和猫头鹰的哀叫声，你难道一点都不觉得羞耻和残忍吗？”

山贼不太理解新妻子的埋怨。因为他根本不知道京都的“风雅”究竟是什么“风”，更不知道该如何抓住这“风”送给妻子。山贼很满足于眼下的生活，他从来不曾想到自己的幸福生活当中还存在什么问题。二是，面对妻子喋喋不休的埋怨时，他根本不知该如何处理，只好一个人暗暗心烦。

山贼已经不记得自己之前究竟杀过多少京都来的旅客。对他来说，京都来的人都是有钱人，随身携带的东西也都十分贵重。因此，倘若他拎来的包袱里没找到什么像样的东西，他就会不屑地骂上几句“乡巴佬”“土包子”之类的话。这些就是他对于京都的全部认知 京都是拥有华贵物品的人们居住之地，而他要做的，就是把那些华贵的东西抢走。杀人越货就是他以前唯一的想法，至于京都上方的风往哪个方向吹之类的问题，他连想都懒得想，也没必要去想。

这位新妻子很爱惜她的梳子、笄子、发簪、脂粉之类的东西。每当山贼那沾了泥巴或是兽血的手差点儿要碰到她的衣服时，都会招来她一阵痛骂。那身衣服宛如她的性命一般，而保护女人这“第二生命”也仿佛成了山贼的使命，他被新妻子使唤着，每天打扫屋子、收拾庭院，可他却甘之如饴。

新妻子极珍视的那件和服，远不止一件单和服和一条腰带这么简单。每次穿衣服时，她都要大费一番周折——数件内装层层重叠；数根绳子巧妙地左穿右回，打起漂亮绳结；多余的腰带耷拉下来，又点缀了各式各样的精巧饰品……非得如此下来，她的衣服才算是穿好了。

山贼看得眼花缭乱，他惊诧、感叹，最后深深臣服。毫无疑问，他已经完全沉浸在美的享受当中了。那些看似各个分离且毫无意义的残片经由新妻子之手集中在一起之后，竟能变成一个浑然天成的整体。可若是重新解开它们，它们便又会变回那些毫无意义的残片。对于山贼来说，眼前的一切简直像是一出奇妙的魔术，令他佩服得五体投地。

新妻子命令他到山里砍伐木材，为她制造家具。可这些东西究竟是干什么用的，山贼在动手制造时却毫无头绪。其实，新妻子让他做的是胡床和扶手椅。所谓胡床，就是普通的折叠椅。家具造好之后，赶上天气晴朗时，新妻子就会吩咐山贼把胡床摆放到屋外的树荫下或者晒得到太阳的地方，她再坐到上面闭目养神。若是在屋子里时，新妻子就改为靠在扶手椅上，那样子像是在沉思冥想。在山贼眼中，新妻子的一切都是那么地异样，却又那么地美艳，美得令他神魂颠倒。

魔术就发生在山贼的现实生活，而他既是这场魔术表演的助手，也是一个为表演成果而赞叹不已的观众。

每天清晨，跛脚女佣都要帮新妻子梳理她那一头乌黑的长发，而她用来梳头的水则是山贼从遥远的山谷里辛苦汲来的清泉。山贼对这份活计十分小心，每天天不亮时就要出去汲水，而他自己居然也开始慢慢沉醉在这份甜蜜的辛劳当中。能够为新妻子这道奇妙的美之魔术出一份力，已经成了山贼全部的心愿。若是非要说他还有什么心愿的话，那就是他还想亲自为妻子梳一梳她那头黑发。

“烦死了，别用你那双脏手摸我！”每次山贼一动手，妻子就会怒吼着把他的手拨开。这时候，山贼就只能像个孩子似的羞涩地缩回手，然后站在一旁直勾勾地看着妻子那抹过油的黑发渐渐被梳理出光泽。慢慢地，那些头发又被盘到头顶，最后变成了一个精巧的发髻。直到妻子那惊艳无双的面庞从发间露出来，一幅美丽绝尘的画才终于大功告成了。山贼怔怔地看着妻子的脸，仿佛刚才见证的一切都只是一场无尽的梦。

“原来是这样呀……”山贼拨弄着妻子那刻有花纹的梳子和镶

有饰品的发簪。之前的他肯定无法理解这些玩意儿的价值和意义，而现在的他，虽然仍旧搞不清楚这些小东西之间的调和与关联，可他却再也不能对这些东西产生任何轻视之意了。他领悟到了它们所具有的魔力——这些魔力即是物品的生命。原来，就算是在这些小玩意儿里，也是有生命存在的。

“都说了你不可以随便碰我的东西。为什么你每天都要摸一摸才满足呢？”

“因为老子觉得它们太神奇了……”

“有什么神奇的嘛。”

“嗯……老子也说不好，可能就是因为我也不知道的关系吧！”

山贼居然难为情了起来。随即，他便对自己能够感知到这种情绪而感到有些难以置信，因为他根本就不知道自己到底在对什么害羞。

渐渐地，山贼对京都产生了恐惧。这种恐惧倒不是源于对恐怖事物的害怕，而是对自己无知的羞耻和不安——就像一个素称渊博的人突然发现自己尚有不明之事时的束手无策一样。每当妻子提起“京都”二字，山贼的心里都会开始畏缩地打鼓。但山贼向来对所见之物无所畏惧，所以他不习惯于心生恐惧，也不习惯于心有所耻。这种异样的感觉令他打从一开始就对京都抱有了敌意。

山贼曾经袭击过成百上千的京都旅客，而他们当中没有一个人是他的对手。一想到这里，山贼就开始沾沾自喜起来。回首过去，山贼从未体验过背叛和被伤害的不安。想到了这一点，山贼就又恢复了愉快和自满。他的妻子虽然绝尘美艳，但他也孔武强壮，凶猛的野猪也不过是他击而溃之的手下败将而已。心理平衡后的他重新变回了那个天不怕地不怕、游刃有余的山贼。

“京都有长着獠牙的人吗？”

“京都有背着弓箭的武士呀。”

“哈哈哈。若论射箭的本事，老子可是能做到一箭射中峡谷对面的麻雀呢！京都里没有那种皮厚得连刀都砍不动的人吧？”

“京都有穿着铠甲的武士呀。”

“铠甲能折断老子的刀吗？”

“当然能啊！”

“老子可是捕杀过大熊和野猪的男人呀！”

“你如果真是一个强悍的男人，就把我带到京都去呀！你应该用你的力量把我想要的东西，还有京都里所有的好东西都弄来堆到我的面前，让我打心眼里高兴一回。这样，你才算是真正的好汉！”

“这算啥，没问题！”

山贼决定带着妻子去京都，还想在三天三夜之内把京都的所有梳子、笄子、发簪、衣服、脂粉都搞到手，然后送到妻子的面前。此刻的山贼已心无挂念，若是真要说他还有什么放心不下的事情，也就那仅此一件而已。不过，这件事和京都完全没有干系。

山贼满心惦记着的，就是那片樱花林。

再过两三天，樱林里的樱花就将盛开。他本已下定决心，今年一定要在樱花烂漫的树林中一动不动地坐上一坐。于是，他每天都偷偷溜出门，跑到樱花林中观察花蕾的大小。他对急着出发的妻子说：“再等三天，三天后咱们就走！”

“你还有什么特别要准备的东西吗？”妻子微微蹙起秀眉，不耐烦地抱怨说，“别让我心急呀，京都可一直在召唤着我呢！”

“老子有一个约定。”

“你？在这深山老林里，你能和谁有约定？”

“不和谁。反，反正，老子就是有个约定！”

“哎哟，这倒真稀奇。这山里又没有别人，你又是跟谁订的约呢？”

山贼终于编不下去了。“好吧……是因为樱花要开了。”

“你和樱花有约呀？”

“不，是因为樱花要开了。所以老子一定要等到看完樱花再走。”

“为什么呢？”

“因为老子必须得去樱林里看一看。”

“我是问你为什么必须去看一看？”

“就是……就是因为樱花要开了呀！”

“因为花要开了，所以呢？”

“樱花树下的风全是冷冰冰的。”

“那是因为你站在樱花树下啊。”

“不，那是因为樱花树下看不到尽头。”

“那就是因为你就站在花海之中呀！”

山贼越说越糊涂，心情也开始烦躁起来。

“那你也带我去看看盛开的樱林吧！”

“那可不行！”山贼一口回绝，“老子必须得一个人去！”

妻子苦笑了一下。山贼还是第一次见识到这种笑容。因为他还从未看过如此让人难以理解的笑容。不过，山贼并没有将妻子的这个笑容理解为“坏心眼”，而是以“无可奈何”来形容。她的笑深深地烙在了他的脑海里，他一想起来就感觉头顶上像是有一柄挥之不去的利刃在“嘎吱嘎吱”地划着他的头，而他却拿这柄利刃毫无办法。

三天终于过去了。

山贼一个人偷偷溜出家门，那片樱林已经被盛开的樱花层层浸染。他刚一踏进樱林，脑海里就浮现出了妻子的苦笑。那个笑容又开始像一把刀子似的划着他的头，而且这把“刀子”还比以往任何时候都更“锋利”。山贼觉得心里乱糟糟的。樱花树下，刺骨的寒风从四面八方涌来，只在顷刻间就灌入他的身体。樱花林里冷风阵阵，耳边只剩凛冽的风声。他只得嘶吼着叫出声来，拔腿就逃。这到底是怎样的虚空呀！山贼哭喊着，祈求着，挣扎着，恨不得赶紧从樱林中逃脱。等他终于逃出那一大片花海时，他才像大梦初醒似的回过神来。

不过与梦境不同的是，这是现实，他能深切地感受到自己连呼吸都困难，身心俱疲。

山贼和妻子，还有那个跛脚女佣在京都住了下来。

每天夜里，山贼都会潜入妻子指定的宅邸。为她抢来珍贵的衣服、宝石和首饰。可是这些东西却远远不能满足妻子的渴求，她最想要的，是那些宅邸里住户们的首级。

山贼的家中已经堆放了几十户人家的首级。屋子的四面用屏风隔开，屋内的地上则码着一排排的首级，摆不下的一些就被挂在屏风上。

山贼已经记不清这些首级的主人都是谁了，可他的妻子却能对得上号。即便那些首级的毛发已经开始脱落，肌肉也渐渐腐烂，露出森森白骨，妻子也仍然能清楚地记得哪个首级是哪个人物，其家宅在哪。若是山贼或跛脚女佣把首级放错了位置，妻子便会大为光火，喋喋不休地讲起放在这边的首级该是哪户人家，放在那边的又该是谁的亲族之类的事。

山贼的妻子每天都会摆弄那些首级，以此取乐。她还总要编出一些故事来，比如让贵族的首级带着家仆的首级出门散步；让一个人的首级到另一人的首级家里做客；让男人和女人的首级彼此坠入爱河，再让女人首级甩了男人首级，或是让男人首级抛弃了女人首级，再引得女人首级整日以泪洗面等等。

在她编织的故事里，有一位千金小姐的首级让大纳言的首级给骗了：在一个月黑风高之夜，大纳言首级乔装成千金小姐首级的心爱之“级”，偷偷潜入小姐的闺房，与她订下了山盟海誓。贪欢一夜之后，千金小姐首级这才察觉出不对。她大梦初醒，感叹自己悲伤命运的同时，却对大纳言怎么也恨不起来。无奈之下，千金小姐首级只好出家为尼。可是大纳言首级却一路追到了尼姑庵里，狠心强暴了已经剃度的千金小姐首级。千金小姐首级本想自杀，却在大纳言首级甜言蜜语的蛊惑之下逃出尼庵，跑到了一个叫“山科”的村子里蓄发还俗。后来，她还嫁给了大纳言首级，甘愿当了他的小妾……

其实，千金小姐首级和大纳言首级早已经须发脱尽、皮肉腐烂了。山贼的妻子在把玩他们的首级时，甚至还能看见森森白骨。可她却依旧满不在乎地摆弄两颗首级做出共饮交杯、相亲相爱的模样，然后又让他们用彼此的齿骨相互咬合，做亲吻状……每当两个首级的面部因为相互碰撞而塌陷时，山贼的妻子就会满心愉悦，发出尖锐又欣喜的笑声。

“来，吃她的脸颊！哎呀，真好吃，把千金小姐的喉咙也吃掉吧。嗯，再把眼球也咬下来吸干！对，就是这样，再舔一舔！味道真不错。哎呀，吃得太慢了，要一口吞掉哦！”

山贼的妻子一边喃喃自语，一边“咯咯咯”地笑个不停。她的笑声甜美而清澈，悦耳得像是在轻轻敲打纤薄的陶瓷。

山贼的家里还有和尚的首级。可是山贼的妻子似乎很讨厌那颗和尚首级。所以，她每次编故事的时候，那颗和尚首级都会被摊上反派角色，最终的结局也大都凄惨：不是招人记恨，就是被人虐杀，再不就是被官府的人抓住处刑……

和尚的首级被砍下之后，反而还长出了头发。可是到了后来，那些新长出来的头发还是完全掉光了。首级上的血肉也都腐坏为白骨。于是，山贼的妻子又吩咐山贼找了另一颗和尚首级回来。新的首级原本属于一个年纪正轻的和尚，或许也因为如此，那颗首级还残留着主人生时的光滑水嫩之美。山贼的妻子高兴地把这颗新首级摆到桌子上，又是喂他饮酒，又是亲吻触摸他的脸颊，欢喜得不得了。可没过多久，她就又觉得厌倦了。

过了几天，妻子再一次命令道："你再去找一个胖一点儿的，一看就面目可憎的和尚头回来！"

山贼心嫌麻烦，这次便一口气提了五个和尚首级回来——有满面皱纹的老和尚，也有厚颊浓眉的中年和尚，有耳尖如马的和尚，也有眉清目秀的和尚。然而，山贼妻子最喜欢的却是一个年约五十的大和尚首级。那颗首级眼角下垂、面颊松弛，嘴唇则肥而厚，坠得整张嘴总是合不拢。山贼妻子喜欢先用指尖按住这颗首级的眼角，再一拉一抻地循环往复；或是往首级的大鼻孔里插两根棍子，再用棍子把首级撑起来，让它倒立着滚来滚去；再不然，她就把那颗首级当成婴儿一样紧紧抱在怀里，然后放声大笑……可是到了后来，她还是厌倦了。

在山贼家的这些首级当中，有一颗漂亮姑娘的首级。她原本是一个清秀而高贵的少女，虽是童颜，但她死后的面容却带有一丝成熟的忧郁。在她紧闭的双睑之后，仿佛也埋藏着她的各种心事。那里有她的悲伤，她的快乐，还有她早熟的思想和感情……

山贼的妻子对这颗少女首级疼爱有加，甚至把她当成自己的女儿或者妹妹一般宠爱。每当她亲自为这颗少女人头梳发化妆时，她就开始对梳妆台上的物件挑挑拣拣，一会觉得这不好，一会嫌弃那不行……山贼心想，妻子打扮少女首级时的那副温柔深情，倒是像极了樱花盛开时香气馥郁的样子。

既然有美丽动人的少女，那就应该配上一位高贵的公子不是吗？妻子认真地给他化了妆，然后便开始沉溺于为那两颗首级编织爱情故事的游戏之中。她让那两颗首级一会儿闹闹别扭，一会儿又生起气来。两个首级的恋爱故事越发复杂：他们时而怨恨，时而欺骗，时而悲伤……可当爱情之火熊熊燃起时，其中一颗首级胸中的热情便会蔓延到对方身上，让对方也一同体验到爱火的煎熬。最终，两颗首级一同化作跃动的火焰，在爱情的火海里互相拥抱、甘之如饴。

然而没过多久，邪恶的武士、好色的登徒子或心怀不轨的妖僧之类的反派首级就会跳出来阻挠他们的爱情。他们对贵公子的首级一阵拳打脚踢，在害死了贵公子首级之后，他们又把少女首级团团围住。孤独无依的少女首级就这样被他们沾上了腐肉，接着，山贼妻子又用缝针在少女首级上猛扎，或是用小刀乱划、乱剜，做出她被殴打过的样子……如此几轮下来，少女首级自然被她玩弄得比其他任何一个首级都要凌乱不堪，没过多久，她就被山贼妻子丢弃了。

山贼很讨厌京都。

随着他渐渐习惯了京都的那些奇珍异宝，他的心里便只剩下了一种无法融入的隔阂感。他虽然跟其他人一样穿着水干[①]，但他的小腿总是露在外面。在京都，他就不能像以前在山里那样无所顾忌地跨刀出门。若是想要什么东西，他还得到市场去买。哪怕他去那些有暗娼的三流酒铺里喝酒也得付钱！在京都，市场上的

---

①注：日本古朝臣礼服，猎衣的一种，最早是平民的日常着装。

商人们欺负他，卖菜的村姑和村童愚弄他，就连浓妆艳抹的妓女都看不起他！

在京都，只有那些贵族的牛车才能走在大路中央，而贵族手底下那些同样穿着水干却打着赤脚的仆人们脸上却挂着酒醉的红晕，一边大声吆喝着，一边走在前面开路。只要是在京都，不管是在市场上，还是在大路上，甚至是在寺庙里，山贼总能听见别人谩骂他是“笨蛋”“傻瓜”“白痴”，而他居然也渐渐习惯于此，即使听到也不会再大动肝火了。

最让山贼无法忍受的，其实是无聊。

山贼越发深切地感受到：人类这种东西实在是乏味透顶。他觉得人类真是吵闹，就好像是大狗在前面走时，小狗就会跟在后面狂吠一样，而他自己此刻就像是一条平白无故被小狗一顿狂吠的大狗。

山贼讨厌怀疑、嫉妒、矫情，也讨厌思考。他情不自禁地回想起以前在山里的生活——山里的野兽、树木、溪流、飞鸟……同样是生活可它们从来都没有抱怨过啊。

“京都可真无聊。”山贼对跛脚女佣说，“你不想回山里吗？”

“我不觉得在京都会无聊啊。”跛脚女佣回答。她整天都在洗衣做饭，而且现在也跟附近的居民们聊开了。

“在京都能跟别人聊天，多有趣呀！在山里头才无聊呢。”

“你不觉得聊天很没意思吗？”

“当然不是啦，任谁都会觉得能一起聊天是很有趣的。”

“可老子越聊越没劲儿啊。”

“那是因为你没跟人认真聊过，当然觉得没劲了！”

“放屁，老子就是因为跟对方没啥好聊所以才不聊的！”

“那你就试着找人聊聊天嘛，这样就不无聊啦！”

“聊什么？”

“想说什么就说什么呗！”

“可是老子就是啥也不想说！”山贼不耐烦地打了个哈欠。

其实，京都附近也有山。可是那些山上大多盖着寺庙或者尼庵，来来往往的人流反而比城区里还多。山贼叹息：这好好的景致都被糟践了！

一到白天，山贼就会忘记自己晚上杀人越货的事情。因为他已经对杀人感到厌烦了。再没有了往日取人性命时的乐趣。仅仅只是提刀轻轻一割，人头便无声落地。他觉得那些首级都很软，摸起来丝毫感觉不到骨头的存在，就好像是在砍一颗萝卜！不过，人头原本就该有的重量倒是让他稍感意外。

山贼觉得，自己似乎开始理解妻子的心情了。在山间寺庙的钟楼里，他看到一个和尚似乎裹挟了什么怨愤似的奋力地撞着钟，他觉得那个和尚真蠢，而且也不知这种蠢人会干出什么傻事来！他想，与其让他成天跟这样活生生的傻瓜同在一座城市里过日子，倒不如让他选择把这些傻蛋的首级一颗颗割下来再挂在自家同住呢！

话虽如此，可是妻子对首级那无边无际的欲望还是让山贼倒尽了胃口。妻子的欲望就像是一只在空中笔直前行的飞鹰，总是不知疲倦、精神抖擞地拍打着翅膀，乘风而动，以一种极其愉悦的心情翱翔于长空，不见止境。

可惜的是，山贼自己却只是一只极其普通的猫头鹰。平时只会从一根树枝飞到另一根树枝上，充其量也只愿意飞越一道山谷。尽管动作敏捷、身手矫健，可是心却懒惰不堪，所以他从来没有想过要像妻子那样永无止境地飞下去。

山贼站上山顶极目远眺。他看向京都上方的天空，看着飞鸟划过长空，笔直地飞向远方；天空由白昼变为黑夜，又从黑夜变回白昼，明与暗、白与黑无休无止地交替着。

山贼无法理解什么是真正的“无休无止”，他思考着以后的日子，明天又一个明天再一个明天，还有那明暗黑白的循环无限流转……一想到这儿，他就觉得自己的头疼得都快裂开了——不是因为思考带来了疲惫，而是因为思考本身带给他的痛苦。

山贼回到家里，看到妻子和往常一样沉浸在与首级的过家家的游戏当中。一见到丈夫回家了，妻子就迫不及待地命令道：“今晚你去给我弄一颗艺伎的人头回来吧！要最漂亮的那个。我要让她跳舞，然后我唱歌给你听。”

山贼试图回想起刚才在山顶上对“无限明暗”的思考。对他来说，这个房间原本也和那片循环在“无限明暗”中的天空一样，可是此刻的山贼却怎么也记不起来他刚才的思考。此刻，他的妻子还是那个美艳绝尘、令人勾魂摄魄的女人，而不是他白天时所比拟的飞鸟。

尽管如此，山贼也还是回答道：“老子已经厌倦杀人了。”

山贼的妻子有些诧异，随即一笑莞尔：‘哎哟，外面什么风儿竟然把你吹得这么胆小了？原来你就是一个胆小鬼呀！’

“老子可不是什么胆小鬼！”

“不是胆小鬼，你又是什么？”

“一天到晚没完没了的，老子腻了！”

“哎呀，这就奇了！就像你每天都要吃饭睡觉似的，这世上的任何东西不都是没完没了的吗？”

“那不一样。”

“怎么就不一样了？”

山贼一时不知如何作答，可他心里就是觉得不一样。他不愿被妻子紧紧追问，索性就躲了出去。

“记得把艺伎的人头拎回来啊！”山贼刚走出家门，身后就传来了妻子的喊声。可这次，他没有应答。

山贼开始思考他与妻子所说的两种“无限”究竟有什么不同，可他就是想不明白。夜幕逐渐降临，山贼又登上了山顶，只是这时天色灰暗，他已经看不见天空了。

山贼看着天空陷入沉思。等他终于回过神来时，他才意识到：原来自己刚刚一直在思考“天塌下来”这件事。

天塌下来了！山贼觉得自己的脖子像是被人狠狠勒住了似的。他拼命挣扎，痛苦得喘不过气来。就在这时，他的心里突然冒出来一个离奇的想法——杀掉“女人”。

只要杀掉“女人”，他就可以让天空那“无限明暗”的交替停下来。让天塌下来，然后他便可以松上一口气了。恍惚间，在山贼的心口处似乎有一个窟窿，有一只鸟的形影从那里腾空而起，向着天空振翅飞去，刹那间便消失得无影无踪。

山贼开始心生疑惑：那个“女人”是他自己吗？那只不知疲倦、永无止境地向前飞翔的鸟儿是他曾经的自己吗？杀掉了“女人”就是杀了他自己吗？他此刻到底在思考些什么？

山贼越想越糊涂。到最后，连他自己也想不起来当初为什么要让天塌下来了。他觉得头脑中的一切都变得难以捉摸，可等到他冥想的思潮退去之后，留在他脑海里的却只剩下了痛苦。哪怕天亮了，他也不敢回到那个妻子所在的家里。无处可去只好在山中徘徊了好几天。

某一日清晨，山贼睁开眼睛，就发现自己居然躺在一棵樱花树下。那棵形单影只的樱树上花团锦簇，山贼吓了一跳，赶紧翻身坐了起来。他倒不是为了逃跑，毕竟身边的樱花树只有一棵，而是因为他突然想起了铃鹿岭上的樱花林——想必那山上的樱花也都开了吧！山贼忘情地陶醉在对过去的怀想当中。

回去，回到山里去！

他怎么忘记了还有这么简单的办法呢？他为什么还要难为自己寻思什么“让天塌下来”之类的怪事呢？山贼宛如噩梦初醒，就像被拯救了一样。直到这时，他才重新找回了自己对生活和自然的知觉。他感觉到山中早春的寒意正在紧紧包裹他的全身，初春的凉风也在轻柔地环绕着他的身体，让他的头脑渐渐清晰起来。

山贼终于回到了家里。

山贼的妻子愉快地走上前迎接他：“你这几天去哪儿了呀，我之前提出的无理要求让你为难了，真是对不起！可是你也该多替我想一想，你不在我身边的时候，我该有多么寂寞呀！”

山贼有些吃惊，妻子还从来没对自己这么温柔过。他感觉到胸口一阵收缩，好不容易鼓起的决心差一点儿就要化为乌有。可他定了定神，还是下了决心：“老子打算回山里去了！”

“那你是要把我留在这里吗？你怎么忍心对我这么残忍？”妻子的双眸里迸着怒火，脸上写满了遭遇背叛时的愤恨。“你什么时候变得这么薄情了？”

“老子……老子只是讨厌京都！”

“就算我在这里陪你，你也还是讨厌？”

“老子都说了，老子只是不想再住在京都里了！”

“可是还有我在京都陪着你呀，你是不是也开始讨厌我了？你不在家的时候，我可是天天都在想着你呢！”

山贼看到妻子的眼睛里溢满了泪水，他还是第一次看她哭泣。此刻，妻子脸上的愤怒已然消失，取而代之的，只有对薄情丈夫的怨恨和对自己悲惨命运的哀怜。

“可是，你在京都才住得惯，而老子在山里才住得惯！”

“如果不能跟你在一起，我就活不下去了！难道你还不明白我的心意吗？”

“可老子只有在山里才过得舒服呀！”

“你若非要回到山里去，我就跟你一起回去。如果要我和你分开，哪怕只分开一天，我也不想活了！”

妻子的眼睛湿润了，她扑倒在山贼的怀里，滚烫的泪水从她美丽的双眸垂落，浸湿了男人的胸膛。

确实，若是没有了眼前这个山贼丈夫，这个妻子当然会活不下去！因为那些新鲜首级就是这蛇蝎女人的性命，而能把首级带回来给她的，只有她的丈夫。他已经是她的一部分了，她绝不可能放手！

女人自信，只要能让丈夫的乡愁得到释怀，她就一定能想到办法把他带回城里。

“可是……你还能在山里住得惯吗？”

“只要能和你在一起，我哪里都住得惯。”

“山里可没有你想要的人头呀！”

“人头和你，如果只能二选其一的话，我当然会放弃人头！”

山贼心里有些怀疑：现在的他该不是还在做梦吧？眼下的结果真是太令人高兴了，也太让人难以置信了！现在的一切，都是他连做梦都不敢想的好事呀！

他的内中充满了全新的希望。因为幸福来得太过突然，也过于猛烈，令他甚至把在此之前的所有苦恼全都忘得一干二净了。他全然忘记了眼前的这个女人曾经是多么的不可理喻、凶狠残酷，心里只记得对未来的期待。

山贼和妻子冷跛脚女佣留在了京都，然后便立即出发了。出发之时，妻子悄悄对跛脚女佣说道：“你等着吧，好好看家，我们很快就回来！”

以前居住过的山林重新在他们的眼前展开身姿，仿佛只要听到了他们的召唤就会马上应答似的。山贼和妻子走在往昔的山路上，那条路显然已经久无人迹，连路形都渐渐化入了两旁的树林和山坡中。沿着这条路继续走下去，就该经过那片正值花期的樱林了。

“你背我！这种连路都没有的山坡，我可走不了。”

“啊，好好好！”

山贼轻松地背起了妻子。他想起了把妻子掳到手的那一天。那天，他刚好也是这样背着她爬上了山阴的陡坡，又走过了另一条山路。那天，他也和现在一样觉得很幸福。只不过，此刻的幸福感更加充实一些。

“刚遇到你的那天，你也是这么背着我的。”妻子也想起了那一天，脱口说道。

“老子也想起那天的事了！”山贼高兴地笑了。“喂！你看见了吧，你眼前的每一座山、每一棵树、每一处山谷，甚至是那山谷上空的云彩和飞鸟，全都是老子的！山真好呀，老子现在真是兴奋得想跑起来，在京都里可找不到这种感觉！”

“那一天，我也让你背我跑来着呢！”

“是啊，后来累得老子头晕眼花的！”

山贼并没有忘记那片盛开的樱花林，可他的胸中却毫无畏惧：在这样一个幸福的日子里，区区一片盛开的樱花林又算得了什么呢？

很快，那片樱花林终于出现在他的眼前。山贼放眼望去，发现漫山遍野都已经被盛开的花海所笼罩。微风袭来，樱花的花瓣也随风飘落，地上则铺满了层叠的落樱……这些花瓣究竟是从何而来呢？毕竟，他头顶上那片盛开的樱花林可一点都不见有樱花凋零呀！

山贼走向盛开的樱林深处，他感觉自己周围也渐渐变得一片冷寂，而他发现背上妻子的手也变得冰凉。他心里有些不安起来，可转瞬之后，他就恍然大悟了——他的妻子是鬼！

突然，强劲的寒风从那无边无际的花海深处，从四面八方吹了过来。紧紧靠在山贼背上的女人居然变成了一个浑身发紫、头颅硕大的老太婆！她的嘴角裂到了耳根，满头的绿发又细又卷。山贼吓了一跳，随即开始拔腿狂奔。

他拼命地想把那老太婆从背上甩下来，可是老太婆却用两只枯木似的爪子狠狠卡住了他的脖子。濒于窒息的山贼视线已然模糊不清，他用尽全身力气掰开了老太婆的手，然后向后一挺身，那老太婆就从他背上重重地摔了下来。这下该轮到他出手了！山贼狠狠卡住了鬼的脖子，等他终于回过神来时，他才发现，自己刚才用尽浑身力气卡住的居然不是那个老妖婆，而是自己的妻子！

那女人已经一命呜呼了。

山贼的视线早已变得模糊不清。他努力睁大了双眼仔细瞧，可这并未让他感觉看得更清楚。因为他现在看到的和刚才并没有两样——他刚才杀掉的仍然是他刚刚背着的妻子，而此刻，他妻子的尸体正横躺在他的眼前。

他的呼吸停止了。随后，他的力气、思绪乃至他的一切也都停止了。妻子的尸体上已经落了几片樱花瓣，他摇晃着妻子的身体，拥抱她，呼唤她，可这些都无济于事。最后，他终于伏在地上放声大哭起来。自从他住进这座山里，他就从来没有哭过。当他终于从痛苦中冷静下来时，他的背上早已积满了片片雪白的落樱。

他坐着的地方大致就在樱花林的正中央，远方的景色都被淹没在了无边的花海当中。此时此刻，他平日里对樱花的恐惧与不安早已消失得无影无踪，而那孕育在花海深处的冷风也忽然不知去向，他的身边只剩下樱花的花瓣在簌簌地飘落。他终于成功地坐在这盛开的樱花林下了，他可以在这里想坐多久就可以坐多久，甚至可以这样永远坐下去。因为，他已经没有了归宿。

如今，已经无人知晓在这片盛开的樱花林下潜藏的秘密了。或许，那个秘密就是“孤独”吧！不过，山贼已经不必再害怕孤独了，因为他自己就是孤独本身。

他开始环顾四周：他的头上是漫天的樱花，而在樱花下面则充盈着无限静谧的虚空，花瓣悄然零落。

盛开的樱花林下，只有这些秘密罢了。

过了一会儿，他感觉到身体里散发出一丝温热。在樱花和冰凉虚空的包围下，他终于明白了，那温度其实是自己胸中的悲伤。

他想伸手拨开妻子脸上的花瓣，可就在他的手即将碰到她的面颊时，转眼间，妻子的身影居然凭空消失，他的手掌摸到的，只有堆积得像小山似的花瓣。他想要拨开那些落樱，而就在此刻，他伸出的手却消失了，他的身体也旋即消失——在那片盛开的樱花林下，最后只剩下漫天飘舞的樱花和萦绕四周的冰冷虚空。

生存卡

文 / 马歇尔·埃梅［法］

译 /LoLa

社会认偏见屡见不鲜，它长得如此硕壮，即使是它的受害者也很快就把它看作理所当然的事情。

马塞尔·埃梅

法国文学家。
主要作品有《死者的高地》《绿色的母马》《巴黎的酒》。

故事是以日记的形式展开的。作家儒勒·弗勒格蒙用日记形式讲述了一个故事，一开始这个故事在他看来很荒谬，即处死不生产的消费者。他为此设置了生存时间卡，此卡还附带着一张代表生存一天的票。并且通过购买此票，儒勒·弗勒格蒙最终能够在六月份生存35天，而一个富人声称在6月30日到7月1日期间已经生存了5年零4个月！ 最后，此卡发明者的逝世导致了此卡的最终消失。

儒勒·弗勒格蒙的日记节录：

二月十日：

有一个荒唐的传闻，在本街区无胫而行，据说要实行新的限制配给制了。为了防备饥馑，保障总人口中劳动人口的利益，可能要处死一些不生产的消费者：老人、退休者、拿年金者、失业者，以及其他无用之人。

实际上，我觉得这项措施也算十分合理。

刚才我在我家门口碰见了我的邻居霍康通，虽然他已是个年逾古稀的人，但却依然热情似火，娶了一个二十四岁的年轻姑娘。当谈及这个传闻时，他愤懑不平，高声自诩道："管他年龄大还是小，我还不是照样让我这漂亮老婆过得幸福！"我慷慨陈词，建议他要维护群体的利益，以一种自豪愉悦的心情，去接受这种个人的牺牲。

二月十二日：

有火必有烟。

今天和我的老朋友、塞纳省的议员马勒弗瓦一起共进午餐。在用一瓶阿尔布瓦酒撬开他的嘴之后，我机智地从他那套出消息。

原来，并不是要处死无用之人，只不过是削减他们的生存时间而已。马勒弗瓦向我解释说将根据他们的无用程度，来决定他们每个月有权生存的天数。听他话中的意思，似乎生存卡已经印制出来了。我当时觉得这主意既巧妙又富有想象力。对此，我还说了几句相当漂亮的奉承话，那情景至今我还依稀记得。很显然在喝了几杯过后，马勒弗瓦有些兴奋，对我是刮目相看，友好得很。

二月十三日：

真卑鄙！公道何在！骇人听闻的谋杀！那项法令刚刚登报，在"那些不能够用实际对等物去补偿日常所需的消费者"中，竟然还包括艺术家和作家！迫不得已时，把这项措施适用到画家、雕刻家及音乐家的身上，我还能够理解。然而居然还把它应用到作家身上！这种做法是极其轻率和荒唐的，它将成为我们这个时代的奇耻大辱。

因为，最终作家的作用无须被论证，尤其是我的作用，我可以很谦逊地这样说。

然而，每个月我有权生存的天数只有十五天。

二月十六日：

法令于三月一日开始生效，并于本月十八日开始登记。

为了能跻身生存不受限的范畴里，那些因其社会处境而导致生存受限的人们都忙于找工作。但是，政府毒辣得很，早已预料到此情形，于是就禁止了二月二十五日后的任何人事调动。

我想到给我朋友马勒弗瓦打电话，求他能够在四十八小时之内替我找到一份博物馆门房或者保管员的工作。但是我联系得太迟了。他刚刚把他手头上能够安排的最后一个办公室伙计的位置给了别人。

“但是，见鬼了，请问你为什么要等到今天才向我要工作呀？”

“我怎么会知道这项措施竟然会涉及我呢？我俩在一起吃饭的时候，您也没告诉我……”

“您可不能这么说，我当时讲得再明确不过了，这项措施涉及所有无用之人。”

二月十七日：

很显然我的门房已经将我视为一个半死不活的人，因为今天早晨，她居然忘记把我的信件拿给我。

我下楼时，狠狠地训了她一顿。我冲她说道：“让杰出人物牺牲性命只是为了更好地填饱像你们这样的懒人。”实际上，我这话说得对极了。

我越思忖，越是觉得这条法令不合理，极不公正。

刚才遇见霍康通和他的年轻妻子，这可怜的老头子真叫人怜悯。每个月，他有权生活的天数总共只有六天，但最糟糕的是霍康通的妻子由于年纪轻，她每个月有权生活的天数足有十五天。两人生存时间的差距使得年迈的丈夫极度惶惶不安，而年轻的妻子倒却十分平静。

在今天一整天内，我碰见了好几个不受这项法令约束的人。这些人对于牺牲者的不理解以及忘恩负义使我深深感到厌恶。在他们看来，这种极不公正的措施不仅仅是世间最自然的，而且还值得他们为此高兴。人们将永远不会猛烈地去谴责人类的自私自利。

二月十八日：

为了领取我的生存卡，我在十八区政府排了三个小时的队。

我们在那里排成了两列，大约有两千名不幸者，这些人为了解决劳动群众的温饱问题都做出了牺牲。然而这只不过是第一批。在我看来，老年人占了一半。还有一些漂亮的少妇，她们个个愁容满面，好像在哀叹道："我还不想死呢。"像这种以出卖肉体为业的女子是相当多的。这项法令依然冷酷无情地涉及到了她们，政府将其每个月的生存天数减少到七天。排在我前面的其中一位就抱怨说道，她将要永远沦为娼妓了。她断言七天的生存时间太短，期间不可能拴住男人的心。而在我看来这未必见得。在排队的人中，我认出了一些住在蒙马特尔区的同伴，其中有作家和艺术家：塞利纳、让·保罗、达诃涅斯、福舒瓦、苏保罗、丁丁和德斯帕尔贝斯等人。碰见他们，我十分感概，不过，也应当承认，我暗自感到快慰。

塞利纳脸色阴郁。他说这仍是犹太人的阴谋诡计，而我认为，这是由于他的糟糕心境使得他在这个具体问题上判断有误。事实上，依据法令规定，只要是犹太人，不分年龄、性别和工作，每月一律被给予半天的生存时间。

总的来说，群众很恼怒，大家都在吵吵闹闹。周围站了许多治安警察，他们非常蔑视我们，显然将我们视为人类的渣滓。有好几次，每当我们厌烦了这漫长的等待，骚乱起来时，这些警察就会朝我们的屁股踢几脚，我们就又安静了下来。我默默地捍卫着自己的尊严，吞下了这耻辱，心中却发出反抗的呐喊声，眼睛紧紧地盯着一个警察队长。

现在，我们反而成为了世上的罪人。

最终我领到了我的生存卡。这些卡一张张相连在一起，其中每张卡等于二十四小时的生存时间。生存卡的颜色和长春花的颜色一样，是很浅的蓝色，看上去是那么柔和，我的泪水在眼眶里打转。

二月二十四日：

大约一星期前，我曾写信给管辖的政府部门，请求他们能够顾及我的个人情况。

于是每个月我获得了额外的二十四个小时的生存时间，但这并没有什么改变。

三月五日：

这十来天，我过起激奋的生活，这使得我把我的日记丢在了一旁。为了不让如此短暂的生命一味地消逝掉，我几乎牺牲了晚上睡觉的时间。最近四天里，我涂写的稿纸比以往正常生活时三周用的还要多，然而尽管如此，我的文笔依旧同样出彩，我的思想依然具有同样的深度。

同时我疯狂地过起及时行乐的生活。我希望所有的漂亮女子能够供我一人享有，然而这是无稽之谈。

我总是抱着享受时光的愿望，也许还带着一种报复的心理，每天到黑市去吃上两顿十分丰盛的饭菜。今天午餐吃了三打牡蛎、两个水煮蛋、一块鹅肉、一片牛里脊、蔬菜、沙拉、各种奶酪、巧克力甜点、一个柚子和三个柑桔。喝咖啡的时候，尽管我并没有忘记我悲惨的命运，可我依然体会到了某种幸福的感觉。我会变成一个斯多葛主义所提倡的十足的禁欲者吗？

从饭店出来时，我碰见了霍康通夫妇。对于这位老先生来说，今天就是他在三月份生存的最后一天了。今晚午夜，他的第六张生存卡一用完，他就会堕入虚无世界，并且这将持续二十五天。

三月七日：

我拜访了年轻的霍康通太太，她从昨天午夜起就暂时成了寡妇。

她优雅地接待了我，其流露出的伤感使其愈加迷人。我们无所不谈，当然也谈及了她的丈夫。她向我讲述了她的丈夫是如何在虚无世界中逝去的。

当时他们两人都躺在床上。离午夜还有一分钟的时候，霍康通还拉着他妻子的手，对她做最后的叮嘱。午夜十二点钟声响起，她突然感觉到她老伴的手在她手中融化。随后，她的身旁就只剩下一件空睡衣和长枕上的一副假牙。

她回想的这情景让我深受感动。吕塞特·霍康通讲完后，洒了几滴眼泪，我便向她张开了双臂，拥抱她。

三月十二日：

昨晚六点，我到法兰西学院院士拜吕克家喝了杯饮料。

众所周知，为了让他们的不朽声望站得住脚，政府赋予这些残渣余孽以特权，将其列入生存不受限的人当中。拜吕克这人是极其卑鄙、虚伪和恶毒。到他家聚会的人有十五个左右，全部都是牺牲者，每个人的身上都只剩下本月的最后几张生存卡，生存不了几天了。唯独拜吕克一人享有完全的生存。

他仁慈地对待我们，就像对待精神衰退、身体羸弱的人一般。他表示同情我们，但眼睛里却闪着邪恶的火焰。与此同时，他还承诺我们，说我们不在世期间，他会维护我们的利益。他很享受这种在某一方面比我们拥有更多的优越感。

由于竭力克制住了心中的怒火，我才没有脱口说出他是只老狐狸，是匹垂危的劣马。

哼！要不是抱着希望，有朝一日能够接替他的位置，我才不会像昨天那样忍气吞声。

三月十三日：

中午我在杜蒙家吃的午饭。

像往常一样，夫妻两人又吵架了，甚至还互相辱骂了起来。

杜蒙吼道："我别无他求，只希望至少能够让我在下半月使用我的生存卡，这样就可以永远不用和你在同一个时间段里生活！"听他说这话时诚恳的语气，可见他是真动气了。

杜蒙太太哭了。

三月十六日：

昨天夜里吕塞特·霍康通进入虚无世界。由于她非常害怕，我一直陪伴她到生命的最后一刻。

晚上九点半，我上楼去看她时，她已经躺下了。为了不让她遭受临终时的痛苦，我就设法偷偷将放在床头柜上的小座钟拨慢了一刻钟。

在堕入虚无世界之前五分钟，她泪如雨下。接着，她以为还有二十分钟的空暇，于是为了卖弄风情，便慢慢止住眼泪，平复心情，重整她那姣好的面容，这在我看来十分动人。在她慢慢逝去的时候，我目不转睛地望着她。她因我刚刚发表的看法而发笑，可是，她的笑声戛然而止，我眼看着她在我面前灰飞烟灭，就像是一个魔术把她变没了一样。

我摸了摸她躺的地方，依然还是热乎乎的，那时我感到死亡临头所带来的令人窒息的寂静渗入了我的身体。昨晚的场面给我留下了非常痛苦的印象。直到今天早上，在写下这段文字时，我还惶恐不安。从我睡醒起来，便开始计算我还有几个小时可以生存。

今晚午夜，将轮到我了。

当天，午夜前一刻钟的时候，我又拿起了日记。

我刚刚上床，一心想在这次暂时死亡临头时，手中拿着笔继续我的创作。

我觉得这种姿态十分勇敢，我喜欢这种勇敢的方式，既优雅又不引人注目。对了，我想问等待我的这种死亡确实是暂时的吗？这难道不是一次纯粹、普通的死亡吗？难道死了还会复活吗？那种确保复活的承诺在我看来分文不值。

现在我倒想见识一下政府为了向我们掩饰残酷的真相所采取的一种狡猾手段。如果十五天过后，无一牺牲者复活，谁又来替他们打抱不平呢？他们的遗产继承人当然不会了！即使那些人替他们打抱不平，也只不过是说些好听的安慰话罢了！我突然想到，牺牲者应当在下个月的头一天，即四月一日，全部复活过来。如果这是真的话，这可能将会是愚人节的盛大场面。

我感到极度恐慌。

四月一日：

我依然还好好地活着，这不是愚人节的笑话。

另外，我也没有感觉到时间的流逝。我在床上重新恢复活着的正常状态时，依然处于死之前的恐慌状态。我的日记本依旧在床上，记得死之前我的思路停留在上面的一句话上，我想写完这句话，却发现我的笔里没墨了。接着我又发现我的座钟在四点十分时停止了运转，我这才开始揣测真相。同样我的手表也停止了运转。我想到给马勒弗瓦打个电话，问问他今天是几号了。

半夜，马勒弗瓦睡得正香，却让人从被窝里叫起来，很显然不高兴，他也丝毫不掩饰这一点。我死而复生的喜悦，他却不以为意。但我需要找人倾诉衷肠。

“您瞧，我就说宇宙时间和生存时间之间的划分不是哲学家的凭空想象吧。我的经历就是证明。实际上,并不存在绝对时间……”

“这很有可能，但现在仍是午夜十二点半，我看……”

“您要注意的是，这实在是令人欣慰的。尽管在过去的十五天里，我并没有生存着，但对我来说这些时间并没有失去。我日后一定要将它们弥补回来。”

“祝您好运，晚安。”

马勒弗瓦挂断了电话。

上午将近9点时，我出门后，感觉外界发生了突变。这个季节变得很宜人，仿佛跃进了一大步。确实发生变化了，树木已经变绿，空气更加清新，街道也焕然一新。街上的女士们显得更加具有青春气息，充满活力。我一想到没有我，大家照样能生活，就感到十分气恼，直到现在依然心气不顺。

碰见了几个在昨天夜里复活的人，大家相互交换感受。波迪埃大妈缠了我二十分钟，向我讲述她脱离形骸，度过了十五天美妙绝伦、天堂般的快活日子。我遇到最有趣的人，当属布沙尔东了，他也从家中出来。三月十五日夜间，他正睡着觉，暂时的死亡向他袭来。今早，他苏醒过来，坚信是自己逃脱了厄运。他借此机会去参加一场他以为在今天举行的婚礼，

然而，实际上这场婚礼肯定十五天前就举行过了。我没有向他道破。

四月二日：

我到霍康通家去喝茶了。

这位老先生十分高兴。他对自己逝去的这段时间没有感觉，期间发生的事件在他头脑里也毫无真实感。在没有他的九天生活中，他妻子有可能对他不忠的这种想法，对他来说显然是形而上学的。我真替他感到非常高兴。吕塞特一直用她那双水汪汪却无精打采的眼睛盯着我看。

我厌恶瞒着第三者传送这种秋波。

四月三日：

从今早开始我就怒火中烧。

在我逝世期间，拜吕克耍手段，把梅日美博物馆的开幕典礼安排在了四月十八日。这个老狐狸不会不知道，在那典礼上，我要发表一篇非常重要的演讲，这个演讲会使得法兰西学院的大门向我敞开。但到四月十八日那天，我将处于沉睡状态。

四月七日：

霍康通再一次死去。

这次，他倒挺达观知命。他邀请我去他家用晚餐，到了午夜，

我们在客厅里喝着香槟。在霍康通堕入虚无世界的时候，他是站着的，我们突然看见他的衣服掉落，成堆堆在地毯上。说实话，这情景十分滑稽。

不过，吕塞特此时正在尽情欢乐，这在我看来不太合时宜。

四月十二日：

今天上午接待了一个客人。

客人是个男子，四十岁左右，样子看起来很贫寒，见人畏畏缩缩，身体状况也是相当糟糕。他是个患病的工人，已经结婚，是三个孩子的父亲，他想把他的生存卡卖给我一部分以此来养活他全家人。他的妻子也患有疾病，他自己由于缺吃少穿，身体变得十分虚弱，干不动繁重的体力活了，并且他的补助金也少得可怜，仅仅只能允许他维持一家人处于临死的边缘，不至于断气而已。

他提出要将他的生存卡卖给我的时候，我听了心里充满羞愧。如果我接受的话，我岂不成了传说中的食人魔、古代寓言中征收人肉贡品的妖怪了吗？我吞吞吐吐地拒绝了来客的提议，谢绝了他的生存卡，无偿地给了他一笔钱。他表示如果他不花费一天或几天的生存时间，他绝不会接受一分钱。我未能成功说服他，最后只好收下他的一张生存卡。在他离开后，我就把它塞进抽屉里，发誓决不会使用它。

因为通过剥夺一个同胞的生存时间，来使得自己多活一天的行为，在我看来是卑鄙无耻的。

四月十四日：

我在地铁里碰见了马勒弗瓦。

他向我说道，生存配给法令已初见成效。富人们深受打击，黑市丧失了重要的销路，从而它的市场价格已明显降低。总的来说，似乎能够更好地提供给人们生活必需品。马勒弗瓦让我注意观察，巴黎人的气色好多了。

听他这么讲，我心里五味杂陈，既感到高兴，又觉得不舒服。

马勒弗瓦接着说道："还有一点值得重视的是，在这些生存受限的人逝世的时候，我们生活的气氛就变得安宁和轻快。由此可知，这些富人、失业者、知识分子和娼妓，在社会中是具有危险性的，他们给社会带来的只有动乱、无意义的骚乱、放纵以及好高骛远。"

四月十五日：

我谢绝了卡尔特雷一家的邀请。

邀请的内容是请我今晚到他家去参加他们的"临终仪式"。在人们暂时死亡时召集朋友来参加他们的仪式，这是他们所采取的时髦做法。听说，有时在这些聚会上，人们饮酒纵乐，场面混乱不堪。

对我来说，这真是令人讨厌。

四月十六日：

我今晚将死去，但内心毫无畏惧。

五月一日：

昨晚，我死而复生，醒来时吃了一惊。

死亡携走我时，我是站立着的，我的衣服掉落在地毯上。我复活时，竟然是全身赤裸着的。画家宏多家里也发生了同样的事情。他临死前聚集了十多个人，男女宾客都有，都是要相对逝去的人。他们一起复活的场面，肯定十分有趣。

五月份的天气是如此的宜人，放弃下半个月十五天的生存时间实在是让我为难。

五月五日：

在上个月最后几天的生存时间里，我感觉到完全生存的人和生存受限的人之间萌生出了一种敌对感。这种敌对感似乎越来越明显，并且无论如何，它的存在是不容置疑的。

首先是互相嫉妒，很容易解释这种在持有生存卡的人心里产生的妒忌。妒忌中还夹杂着他们对享有特权者根深蒂固的怨恨，因而这种心理更加强烈，这也不足为奇。然而我每时每刻都能意识到，那些享有特权的人竟然暗地里羡慕我们，把我们看成是神秘的人与未知世界的英雄，因为与我们自己相比，他们对那条将现实世界与虚无世界隔开的人界限更感兴趣。

而其实，我们对此也一无所知。在他们看来，相对死亡就像是去度假一样，他们反而觉得现在有种被锁链束缚住的感觉，动弹不得。一般来说，他们往往放任自己带有悲观的情绪和令人厌恶的坏脾气。然而像我这样的人却与之相反，我们总是感到光阴似箭，必须要采取更快的生活节奏，这使得我们变得心情愉快。中午我与马勒弗瓦一同用餐时，就在思考这种情况。他有时像看破一切似的，话中带刺，有时又咄咄逼人，仿佛存心要打击我，令我对自己的境遇心灰意冷。与此同时，他还向我炫耀他的好运，很显然他是想自己说服自己。

他同我交谈，就如同与一个来自敌国的朋友交谈一样。

五月八日：

今天上午，一个人来我这出售生存卡，每张卡要价两百法郎。他大约有五十张生存卡要出售。我没有在乎礼节，毫不客气地将他撵了出去。

幸亏他身强体壮，屁股上才没有吃我几脚。

五月十日：

从霍康通第三次进入相对死亡状态算起，到今晚将有四天了。

他这次去世之后，我就没有再见过吕塞特了。不过我刚得知她迷恋上了某个金发小青年。在我看来，那个小伙只不过是个生活糜烂的小流氓。总之，我根本不在乎。

这位美丽的女子没有一点眼光，这一点，我也不是直到今天才看出来的。

五月十二日：

生存卡的黑市交易大量涌现。

有些兜销商贩上门拜访一些穷人，说服他们出售几天生存时间，从而为家庭添补点生存物资。年迈退休的工人、没有工作的囚犯妻子，他们也是商贩可轻而易举捕获的猎物。

目前，生存卡的价格在两百至两百五十法郎之间浮动。我认为卡的价格不会大幅度地上涨了，因为若与穷人的数量相比，有钱的买主或者是仅仅维持自在生活的买主数量无论如何是十分有限的。另外，很多人也拒绝接受把人类的生命当作劣等商品，像这样被卖来卖去。

拿我来说，我就不会昧着我的良心干这种勾当。

五月十四日：

杜蒙太太弄丢了她的生存卡。

这事十分麻烦，因为要想重新获得一张生存卡的话，至少需要两个月的时间。她控诉她丈夫想摆脱她而把她的生存卡给藏了起来。我认为她丈夫不会有如此的坏心思。往年春天从未同今年一样的美丽。

可惜我后天即将死去。

五月十六日：

昨天在克里姆男爵夫人家用的晚膳。

她邀请的宾客中，只有德拉博纳大人能够完全生存。有人谈论到了生存卡的黑市交易，我站起来抨击这种做法，认为它是无耻的。

我说这话时再真诚不过了。或许我还希望能够给主教大人留个好印象，他在法兰西学院里持有好几张票。我话还没讲完，立即就感觉到在场人的反应冷淡。主教大人亲切地对我微笑，那神情就像是听到一个对宗教怀有炙热情感的年轻教士在吐露心声。接着，大家转到了别的话题。

用完晚膳，回到客厅，男爵夫人又与我谈论起生存卡黑市交易，起初声音很小。她向我指出，我有无限的无可争议的写作才能，有深刻的思想见解，我被指定要去扮演重要的角色。鉴于这种种原因，我有一种义务、一种道德上的责任去延长我的生存时间，以致力于丰富国家思想、促使国家强盛。她见我游移不定，便把这讨论摆到了客人面前。他们几乎一致指责我顾虑太多，被一道虚情假意的雾瘴遮住了双眼，从而看不见正义的真正道路。大家请求主教大人对此给出意见，他拒绝做出裁决，不过他借助了一个寓意非常深刻的比喻来表明他的看法：一个勤劳的农夫没有土地，而他的邻居们却任凭他们的土地荒废。他从忽视生产的邻居那买了一部分田地，耕耘播种，从而收获丰富的粮食，这对所有人都有利。

我被这精彩的聚会讨论给说服了，于是今天上午我就买了五张生存卡。为了对得起这额外的生存时间，我决定回到乡下，在那里努力地写我的著作。

五月二十日：

在诺曼底已经待了四天了。除了偶尔出去散步，我把时间全部用来写作。

这里的农民几乎不了解生存卡是怎么一回事。老人他们自己每月也有权生存二十五天。由于还需要额外的一天来完成这一章节，我便去请求一个老农民出售给自己一张生存卡。他问起来，我回答说，在巴黎要花两百法郎才能买一张生存卡。他大声说："您是在说笑嘛！以这个价格我们都能够买一只活猪了，您说一张生存卡就要给我两百法郎？"因此，我没有买成生存卡。

我准备明天下午乘火车，晚上到达巴黎，在家中逝去。

六月三日：

实在是出人意料！火车晚点了好长时间，就在到达巴黎前的几分钟，死神就突然把我暂时抓走了。我复活时，仍然在之前的那节车厢里，那节车厢停在南特站的一条停车线上。当然，那时我是全身赤裸的。这给我制造了多大的麻烦，让我有多丢脸！现在回想起那时的情景，我还是很不舒服。

幸亏，我和一个熟人同行，他叫人去我家取来了我的衣服。

六月四日：

我碰见了阿尔戈斯的女演员梅丽娜·巴丹，她和我讲述了一件荒唐的事情。她的一些仰慕者坚持要让给她一小部分的生存时间，结果到了上个五月十五日，她居然还有二十一张生存卡没有用。然而，她声称已经把这些生存卡全部使用了，因而这样算来，她一个月就活了三十六天。我觉得此事真搞笑，便戏谑道："这个五月可真是一个风流的月份，单单为了您就同意将生存时间延长五天！"

梅丽娜见我不信，显得十分难过，我认为她的神经有点不正常。

六月十一日：

霍康通家里发生了一场悲剧。

今天下午我才听说了这件事。上个月十五日，吕塞特把她的黄毛小情夫招到家中，到了午夜时分，他们俩一起堕入了虚无世界。他们复活时，在原来睡觉的床上重新恢复了形体，然而那时床上不再只有他们二人，因为霍康通也在他俩中间复活了。

吕塞特与黄毛小子假装互不认识，而霍康通则认为这简直是把人当傻子。

六月十二日：

如今生存卡卖到了天价，人们再也找不到价格低于五百法郎的生存卡了。

由此可知，穷人更加吝惜他们的生存时间，富人则更加贪生了。我在月初买了十张生存卡，每张两百法郎，就在买后第二天，我收到了我叔父安图瓦纳的一封来信，他从奥尔良给我寄来了九张生存卡。这个可怜的人患了风湿病，因此遭受了如此多的痛苦，于是他决定在虚无世界中等待自己的病情好转。这样一来，我手上就多了十九张生存卡。本月共有三十天，这样算的话我就多出了五张生存卡。

我认为很容易就能把它们卖出去。

六月十五日：

昨天晚上，马勒弗瓦到访。

他心情极好。有些人为了能够像他一样，活满一个月，花费了大笔钱财，这现象令他乐观。

同时，这也使他相信，能够完全生存的人的命运是值得羡慕的。

六月二十日：

我拼命地写作。

若是相信一些传闻，梅丽娜·巴丹或许看起来就没有那么不正常。确实，很多人在自我夸耀，说是在刚刚过去的五月里，他们生存的时间超过了三十一天。就拿我自己来说，我就听到了好几个这样的自我吹嘘。

世上自然不会少了头脑如此简单之人，听了这些传闻就信以为真。

六月二十二日：

霍康通要对吕塞特实施报复。

他花了上万法郎在黑市买了生存卡，全供他独自使用。他妻子堕入虚无世界已有十天了，我想他正在后悔不该这么严厉。如今他一个人孤单地生活，这似乎让他痛苦难忍，不堪重负。

我发现他的面容变得很憔悴，几乎认不出来了。

六月二十七日：

据说五月份可能为一些享有特权的人延长时间，这条传闻果真传播开了。

拉卫东是一个值得信任的人，他也肯定地对我说，仅仅在五月份，他就活了三十五天。

我担心这些生存时间的定量配给使得许多人的神经失常了。

六月二十八日：

昨天上午霍康通去世了，大概是因为抑郁成疾。

他这回可不是相对死亡，而是真正地死亡。明天人们就要安葬他了。七月一日吕塞特复活时，就会变成寡妇。

六月三十二日：

应当承认，时间尚有未知的领域。

太令人头疼了！昨天上午，我到一家店铺，买了一份报纸。报纸上的日期是六月三十一日。于是我说道："咦，这个月有三十一天？"

这个老板娘，我多年前就认识她，她一脸不解地望着我。

我瞥了一眼报纸上的标题，读道："丘吉尔先生可能在六月三十九日至四十五日期间到达纽约。"

在街上，我听到了两个人之间的一段对话，一个人对另一个人说，"我应当在三十七日到达奥尔良。"

我往前又走了几步，碰到了东里瓦日，他正在散步，神色惊恐。他告诉我他的惊愕。我尝试着开导他，让他振作起来。人们只能既来之则安之。接近下午半晌时分，我注意到了以下现象：对于在时间进程中发生的反常现象，享有完全生存权的人竟然全然不知。唯独像我这样用非法手段延长了六月份时间的人，才会被此现象给难住。我把我的诧异告诉了马勒弗瓦，然而他对此一点也不理解，还以为我发疯了。

但是时间延长又与我有何关系！自昨天晚上起，我疯狂地爱上了一个人。我正是在马勒弗瓦家邂逅了非常可爱的爱丽莎，我们俩一见钟情。

六月三十四日：

昨天和今天，我又和爱丽莎见了面。

我终于找到了命中注定的人生伴侣。我们订婚了。她明天离开，去非占领区旅行三周。我们已经决定，等她旅行回来就结婚。如今我真是太幸福了，我的这种高兴之情难以表达，甚至在这个日记里也难以描述。

六月三十五日：

我送爱丽莎去火车站。她进车厢之前对我说："我会尽我所能在六月六十日之前赶回来。"

我沉思了一下，她的诺言使我不安。因为今天，我用的是本月最后一张生存卡了。

明天又将会是几号呢?

七月一日：

我向人们谈论起六月三十五日，他们却不知所云。

在他们的记忆里，这五天没留一点痕迹。幸好，我碰见了几个用非法手段度过这几天的人，能够同他们谈论这事。此外，我们交谈的内容也是挺奇怪的。对我来说，昨天是六月三十五日。

对于其他人来说，昨天又是六月三十二日或者是四十三日。

在餐馆，我碰到了一个人，他一直活到了六月六十六日，这表明他储备了大量的生存卡。

七月二日：

我原以为爱丽莎还在旅行中，就觉得没有必要出来露面。

但是，对于她还在旅行中的这件事，我产生了怀疑，便往她家打了电话。爱丽莎声称不认识我，也从来没有见过我。我竭尽全力向她解释，说她曾在不知不觉中，和我一起度过了一些令人陶醉的日子。她听了感到很高兴，但根本不相信，最后还是同意在星期四的时候见见我。

我非常不安。

七月四日：

报纸上登满了《生存卡事件》的报道。

生存卡的非法买卖将会是这季的大丑闻。由于富人拿出大量钱财囤积生存卡，节约食物的措施几乎没有取得任何成效。此外，一些特殊情况引起了很大的情绪。其中，报道上就记载了大富翁瓦德先生的事件，据说，从六月三十日到七月一日，他就生存了一千九百零六十七天，即五年零四个月，这个天数还算是少的。不久前我碰到了著名哲学家伊夫·米龙诺。

他向我解释说，每个人都有数十亿年的寿命，然而在这无尽的生命进程中，我们只能感受到一些短暂的片断，这些片断并置起来，就构成了我们短暂的一生。他说了很多更加微妙的观点，然而我并没有理解其中有价值的东西。

我确实心不在焉，因为明天我就要见到爱丽莎了。

七月五日：

我见到了爱丽莎。

唉！一切都化为乌有，我已经不抱任何希望了。看来她并不怀疑我叙述内容的真实性。我对那段美好时光的追忆或许还感动到了她，但这并没有唤起她任何的温情或好感。我认为她倾慕于马勒弗瓦。无论如何，我的好口才也于事无补。六月三十一日那天晚上，我们之间迸发出来的火花只不过是偶然的逢场作戏罢了。这件事过后，谁也别来和我谈什么心心相印了！我痛不欲生。

于是，我想以我所受的痛苦为题，写一本畅销书。

七月六日：

一项法令取消了生存卡，这对我来说已是无关痛痒。

穿墙人

文 / 马歇尔·埃梅［法］

译 /LoLa

社会认偏见屡见不鲜，它长得如此硕壮，即使是它的受害者也很快就把它看作理所当然的事情。

马塞尔·埃梅

法国文学家。
主要作品有《死者的高地》《绿色的母马》《巴黎的酒》。

从前，在蒙马特区奥尔尚街 75 号公寓四楼，住着一个叫杜蒂耶的奇人，他拥有可以任意穿墙的本领。他是登记局的一个三等职员，留着黑色山羊胡，戴一副夹鼻眼镜。每到冬天，他乘公交前往办公室；等天气暖和了，他便头戴圆顶礼帽，步行上下班。

直到四十三岁生日过后不久，杜蒂耶才发现自己有穿墙的技能。某天晚上，他正待在自家单身公寓的前厅，不料突然停电。他在黑暗中摸索了一会后，电又来了，可他发现自己竟然站在四楼的过道里。由于门是从屋内上锁的，当下的情况使他摸不着头脑，尽管理智有那么一瞬间让他迟疑，他最后还是决定穿墙回屋，就像之前出来时那样。不过，这项特异功能似乎并没有使杜蒂耶多高兴，他反倒有些不愉快。第二天是周六，刚好遇上英国假期，他去找了小区里一位医生，说明了自己遇到的情况。医生相信了杜蒂耶说的话，并在检查后发现他的甲状腺绞窄壁患了“螺旋性硬化症”。

医生开了药方，让杜蒂耶多运动，每年服用两片药。这药由米磨成粉末状，再混合半人马兽的激素粉制成，名为“四价比莱特粉”。

吃了第一片后，杜蒂耶就把剩下的药往抽屉里一丢，不再去理会。至于体能消耗大的活动，更是被杜蒂耶抛之脑后了——由于公务员这职业按部就班，并没有需要剧烈运动的事务，而杜蒂耶的业余爱好又仅限于读报和集邮，不必花费什么气力。

一年过去了，杜蒂耶穿墙的本领完好如初，但他并不刻意去用，除非遇到一些意外情况。他是个对冒险不感兴趣的人，也不喜欢想入非非。除了老老实实转动钥匙开门，他压根不会考虑进家的其他方法。若不是一场意外突然扰乱他的正常生活，也许杜蒂耶会保持原有的习惯过一辈子，不会想要去施展自己的特异功能。事情是这样的，由于部门的顶头上司调往别处，一位名叫雷戈也的先生接替了他的职位。工作二十年来，杜蒂耶起草函件总是以这样的方式开头："依照您某月某日来函，翻阅过往信件，我谨向您做出如下答复……"而雷戈也先生却打算采用一种更为美式的开头语："针对您某月某日的来信，现回复如下……"

杜蒂耶难以适应这种书信格式，总是不自觉地回到老方法上去，这种无意识的固执惹得上司越来越恼火，招致了雷戈也先生的反感，他一气之下把杜蒂耶打发到了原办公室旁的一间小黑屋里去办公。那间屋子的门又矮又窄，门外是走廊，门上用大写字母标着“杂物间”三个字。杜蒂耶从未受到过这样的侮辱，但他还是选择忍气吞声默默接受。

一天，上司突然冲进小黑屋，手里挥着一封信怒吼道："这是什么破玩意！你真是丢我们办公室的脸，给我重写！"

杜蒂耶正打算反驳，雷戈猛地提高嗓门，大骂他是因循守旧的蟑螂，还在出门前把信揉成纸团，摔到了杜蒂耶脸上。杜蒂耶虽然职位不高，但自尊心很强。事后他一个人待在屋里，越想越气愤。突然，他心生一计。杜蒂耶离开座位，进入自己和上司办公室中间的那道墙。他小心翼翼，只在另一边露出自己的头。此时雷戈也先生正端坐在办公桌前，有点神经质地握着笔，修改需要审阅的员工信件中的一个逗号。突然，他听到一声咳嗽，抬头一看，杜蒂耶的头赫然挂在墙上，像个猎物脑袋装饰品一样，把他吓了一大跳。这个头还是活的！它透过带链子的夹鼻眼镜对他怒目而视。

这还不算什么，这个头竟然开始说话了："先生，你是个流氓、混蛋、无赖！"这个头如此说道。

雷戈也先生被吓得目瞪口呆，视线无法从这个头上移开。过了好一会，他触电似的从椅子上跳起，冲到走廊里，直奔杜蒂耶的小屋。此时杜蒂耶正握着笔，坐在平时的位置上，安静地埋头工作。雷戈也盯着下属发了很久的呆，嘴里嘟哝了几句，然后才回到自己的办公室。不料他才刚坐下，那个头又在墙上出现了！

"先生，你是个流氓、混蛋、无赖！"

仅在一天之内，这个吓人的脑袋就在墙上出现了 23 次，后面几天的情况也一样。杜蒂耶在这样的把戏中尝到了甜头，他已经不再满足于辱骂上司，而开始恐吓对方：例如，他会发出一种阴森恐怖的声音，夹杂着阵阵魔鬼般的笑声喊道："恶狼！恶狼！一根狼毛！哈哈哈　让所有猫头鹰都吓破胆的恶狼！哈哈哈！"

听着这些鬼叫声，可怜的雷戈脸色愈加苍白，渐渐感觉喘不上气来，头发竖起，后背直冒冷汗。第一天，他瘦了一斤。往后的一周，他几乎是肉眼可见般日渐消瘦；他变得神经兮兮，开始用叉子喝汤，对保安行军礼。第二个礼拜初来了辆救护车，把他从家里送到了精神疗养院。

杜蒂耶终于摆脱专制的雷戈也了，又可以用回习惯的信函格式："依照您某月某日来函……"不过这次，他还不满足，他感觉似乎有什么东西在召唤自己，有股新的难以抑制的欲望在作祟，因此还想继续施展穿墙的本领。穿墙这事倒容易，例如在家中他就可以随意做到，更何况墙壁这东西到处都有。但是，一个拥有绝妙本事的人，必然不会永远满足于耍这些低级的把戏。穿墙这本领对杜蒂耶来说不是一种结束，而是一段冒险的伊始，它需要延续，需要剧情发展，总之，需要获得些回报。

杜蒂耶对此心知肚明，他感觉到一种扩张的需求，生出一股日益膨胀的欲望，他想去成就，想去超越。同时，他的脑袋里有个挥之不去的念头，墙壁背后似乎有什么东西在呼唤他。可惜，杜蒂耶缺乏一个明确的目标。他开始从报纸中寻找灵感，尤其是政治和体育专栏，这对他来说都是令人尊敬的事业。

但是后来他意识到，政治和体育领域对于一个会穿墙的人来说没什么前途，于是把目光转向社会新闻专栏，心想这样可能会有点头绪。

杜蒂耶首次盗窃作案选中了塞纳河右岸的一家大型信贷机构。他穿过了十多道墙壁隔板，进入了多个保险柜，不仅在口袋里塞满钞票，还在临走前用红色粉笔签下自己的化名：嘎鲁·嘎鲁。签名带出的花缀十分潇洒，第二天各大报纸争相刊印他的笔迹。一礼拜后，嘎鲁·嘎鲁名声大噪。这位神奇大盗竟能游刃有余地在警察眼皮子底下作案并成功逃脱，人们对此惊叹不已。他每天晚上都有新动作，常常引起不小的轰动——他不是洗劫银行就是盗窃珠宝店，偶尔也会到富豪家中作案。不论在巴黎还是外省，但凡有点喜欢幻想的女人，没有哪个不渴望把身体和灵魂献给可怕的嘎鲁·嘎鲁的。

在一周内连续盗窃名钻石店布迪格拉和洗劫市银行后，民众对他的崇拜到达狂热的地步。内政部长被迫辞职，登记局局长随后也下台了。尽管成了巴黎巨富，杜蒂耶每天仍然按时上下班，人们都说应该给他颁发一级教育勋章。每天早上，他在登记局的一大乐趣，便是听同事们对他前一晚所犯的奇案议论纷纷。他们说道："这个嘎鲁·嘎鲁真是了不得，简直是个超人，是天才。"听到这番夸奖，杜蒂耶羞得满脸通红，在戴链条的夹鼻眼镜背后，他的眼神闪烁着友谊与感激的光芒。

有一天，这种热烈的气氛鼓舞了他，给了他莫大的信心，怂恿他说出一切的真相。

当时同事们围坐在一起看报，报上描述了法兰西银行盗窃案的经过，杜蒂耶看着他们，显得有些羞怯，小声地说道："你们知道吗？其实我就是嘎鲁·嘎鲁。"杜蒂耶的知心话换来的是同事们没完没了的大笑，从此过后大家都拿他打趣，喊他嘎鲁·嘎鲁。每天到了下班时间，他不免要遭到同事们的取笑，对杜蒂耶来说，生活不再那么美好了。

几天之后，嘎鲁·嘎鲁在和平街一家珠宝店行窃时，被夜间巡逻队逮了个正着。当时，在店内柜台上签完名后，他唱起祝酒歌来，还用一只实心黄金高脚杯砸碎了不少玻璃橱窗。显然，他可以轻易钻进墙壁里，从夜间巡逻队手中脱逃，但所有迹象表明他是自愿被抓的，而这么做可能仅仅是为了让同事们信服：他们的不信任和嘲笑让杜蒂耶感觉很难堪。第二天各大报纸的头版刊登了杜蒂耶的照片，不出意外，同事们果然都大吃一惊。对于自己当初有眼无珠，没识别出身边的同事竟是个奇才，他们十分后悔，因而纷纷效仿杜蒂耶留起山羊胡，以示对他的敬佩。还有几个人，出于内心的愧疚和仰慕，甚至想把手也伸到朋友熟人的钱包上，体验一下犯罪的感觉。

可能人们会这么想，仅仅为了让几个同事吃惊就甘愿被警察抓获，不免过于草率了点，不符合他奇才的身份。然而，当一个人要下如此大的决心，那表面上的意图也就显得无足轻重了。杜蒂耶通过放弃自由，为自己挽回了面子，不过是在命运的斜坡上暂时下滑罢了。对于一个能够穿墙的人来说，一生中若未有过牢狱之灾，恐怕也是件憾事，自己的职业生涯也不会多么深刻和值得回味。杜蒂耶穿梭于监狱里的铜墙铁壁，觉得自己是受到上天眷顾的宠儿。这里的墙非常厚实，他十足过了把瘾。

监禁的第二天，看守惊奇地发现杜蒂耶在墙上钉了根钉子，把监狱长的金表挂在了上面。杜蒂耶没办法，或者说不愿意交代这块表是如何落到自己手里的。金表物归原主了，第二天却又出现在嘎鲁·嘎鲁的床头，旁边还放着典狱长书架上那套《三个火枪手》的第一卷。整个监狱上下被搞得焦头烂额，急得像热锅上的蚂蚁，还有警卫抱怨自己屁股常常被踹，又不知道脚是从哪来的，看来这下隔墙有耳得改成隔墙有脚了。就在嘎鲁·嘎鲁被关一周之后，某天早上监狱长走进办公室，发现桌上有封信：

狱长先生，根据我们本月17日的会面，并参照您去年5月15日发布的全体训令，我荣幸地通知您，本人刚刚完成了《三个火枪手》第二卷的阅读，并打算于今夜11时25分至11时30分越狱。

诚挚希望您能接受我崇高的敬意

嘎鲁·嘎鲁

这天晚上，尽管受到严密的监视，杜蒂耶还是在11时30分越狱了。第二天一早，消息传遍大街小巷，民众情绪高涨。在犯下一起新的盗窃案，名声达到顶峰过后，杜蒂耶似乎不再因害怕而躲藏了，开始大摇大摆地走在蒙马特街上。逃狱三天后，杜蒂耶再次被捕，这次他正在科兰古大街的幻梦咖啡馆里和朋友喝着柠檬白酒，时间接近正午。

杜蒂耶被押送回监狱，关在一间阴暗的单人房里，牢门上了三道锁。当天晚上他便逃脱了，跑到典狱长家里的客房过夜。第二天早上将近九点，他按铃喊佣人要求用餐，警卫闻讯赶来，在床上将其抓获，他并没有一丁点反抗的意思。监狱长恼羞成怒，在杜蒂耶的牢房前加设了看守岗，还罚他每天只能啃干面包。正午时分，杜蒂耶前往监狱旁的一家咖啡馆用餐，在喝完咖啡后拨通了狱长的电话。

“您好！狱长先生，我又越狱了，十分抱歉。不过刚才出门匆忙，我忘记把您的钱包带上了，没付钱饭馆老板不让走。如果方便的话，劳驾您派个人来帮我结下账可以吗？”

监狱长亲自出马，当场大发雷霆，甚至辱骂威胁杜蒂耶。由于自尊心受到伤害，杜蒂耶当天晚上便越狱了，从此一去不复返。这次事件过后，他变得谨慎起来，不仅刮掉了山羊胡，还扔掉了链条夹鼻眼镜，换上了合成树脂材质的；在戴上运动鸭舌帽，穿上格子上衣和高尔夫短裤后，杜蒂耶完全变了个样。他住在朱诺大街的一间小公寓里，早在第一次被捕前他就把部分家具和最珍视的物品搬到了这里。

渐渐地，他对名声感到有点厌倦了，自从入狱后，他对穿墙的乐趣也有点腻烦了。现在对他来说，那些最厚实高大的墙壁，也不过是轻松就能穿过的屏风罢了。杜蒂耶有个愿望，想要进到巨型金字塔中心。他一边筹划前往埃及的旅程，一边过着平静的生活：要么集集邮，要么看看电影，不然就是在蒙马特大街上逛一整天。刮了胡子换了眼镜后，他的伪装是那么完美，即使是从最亲近的朋友身边走过，也不会被认出来。只有画家格恩·保罗，不管小区里哪个老住户，就算相貌只有一丝一毫的变化，也逃不过他的眼睛，是他最终识别出了杜蒂耶的真正身份。

一天早上，他和杜蒂耶在阿布勒瓦街的拐角处迎面相遇，忍不住用粗俗的俚语说道："嘿，别装了，看你油头粉面的，想瞒过便衣是吧？"

"哦，你认出我来了？"杜蒂耶小声回答。

这下他慌了阵脚，随后决定提早出发前往埃及。不过这天下午，他在乐维大街上闲逛，一刻钟里碰见同一位金发美女两次，很有缘分。他一见倾心，什么集邮、埃及和金字塔，通通被他抛到了脑后。金发女郎似乎也对他有意，频频暗送秋波。如今，对年轻女人来说，还有什么比一个身着高尔夫短裤、配一副玳瑁眼镜的男人，更难以拒绝的吗？这身打扮使人联想到电影明星，联想到加利福尼亚的的鸡尾酒会和曼妙夜晚。

可惜，杜蒂耶从格恩·保罗口中得知，这位美女已婚，嫁给了一个脾气暴躁且嫉妒心极强的男人。此人生性多疑，每天晚上 10 点到早上 4 点把妻子关在家里，自己却在外面花天酒地。他每次出门前都不忘仔细给房门上两道锁，把所有百叶窗用挂锁封起来。就连白天他也严密监视妻子，有时甚至会跟踪她上蒙马特大街。

"他一直咬着不放，守得严着呢。一副十足的流氓架势，谁也甭想从他那捞着一丁点东西。"

格恩·保罗的这番警告没能吓退杜蒂耶，反而燃起了他的欲火。第二天，在多罗柴大街，杜蒂耶又遇到那少妇，这次他斗胆跟着她进了一家乳制品店。就在那少妇排队等候时，杜蒂耶向她表达了真诚的的爱慕之情，说自己了解她的所有遭遇：她恶毒的丈夫、上锁的门和百叶窗等，并承诺当天晚上将出现在她的卧室里。

金发女郎的脸一下子红了，手中的空奶罐微微颤抖，眼睛湿润又充满柔情。她轻轻叹了口气说道："唉！先生，但你说的事不可能发生啊！"

激动人心的一天过去了，到了晚上十点左右，杜蒂耶守在诺尔万街上，盯着一堵厚实的围墙。墙后面有一栋小房子，但只能看到屋顶的风向标和烟囱。对着墙的那道门打开了，一个男人走了出来——他将身后的门仔细上了锁，往朱诺大街方向走去。杜蒂耶看着他走远，直到他绕过拐角消失后，杜蒂耶数到了十，接着才冲了过去，以矫健的步伐穿过墙壁和重重阻碍，来到了美少妇的卧室。

美人激动不已，如痴如醉，张开双手迎接他，两人温存缠绵至深夜近一点。

第二天情况就没那么顺利了，杜蒂耶感觉头疼得厉害。不过这只是小事一桩，他才不会为此失约呢。然而，在打开抽屉时，他无意中发现了几片药，于是早上服用了一片，下午又吞了一片。到了晚上，头疼还算可以忍受，况且春宵一刻值千金，也就忘了病痛。少妇急不可耐地等待着杜蒂耶，似乎还沉浸在前一晚的场景中无法自拔。这一次，两人缠缠绵绵直至凌晨三点。杜蒂耶起身离开，当他进入房子的隔板和墙壁时，感觉腰部和肩部有种不舒适的摩擦感，不过他并不在意，然而当他要穿过围墙时，明显感觉到一股阻力，等到身体终于完全进入围墙里了，杜蒂耶却发现自己竟然无法再前进了。他猛然想起白天吃的两片药，内心顿时惊恐起来。

他原本以为那是阿司匹林，没想到是去年医生开的"四价比莱特粉"。这药物配合杜蒂耶刚才大量的体力消耗，效果立竿见影。

就这样，杜蒂耶仿佛是被浇筑在墙壁中一样，再也无法动弹。

时至今日，他的躯体仍然与石墙融为一体。等到巴黎的夜静下来之后，游荡的人经过诺尔万大街，会听到一种似乎发自坟墓的低沉声。他们恐怕会误以为，这是风吹过布特街十字路口后发出的嘶吼声吧。其实，这是嘎鲁·嘎鲁·杜蒂耶在为自己辉煌生涯的结束而哀叹，为自己昙花一现的爱情而惋惜。冬季的夜里，画家格恩·保罗有时会背着吉他来到僻静的诺尔万大街，弹奏一曲以慰藉被囚禁在墙中的凄惨的杜蒂耶。

陪衬人

文 / 爱弥尔·左拉［法］

译 / 许文斌

我在每一天里重新诞生，每天都是我新生命的开始。

爱弥尔·左拉

法国自然主义小说家和理论家，自然主义文学流派创始人与领袖。
代表作品有《小酒店》《萌芽》《娜娜》《金钱》等。

在巴黎，什么都能拿来卖：不论是傻女孩还是聪明女孩，谎言还是真理，泪水还是微笑。

您肯定知道，在这个商业国度，美是一种可以用来进行交易的商品。人们买卖大眼睛和小嘴巴，鼻子和下巴被明码标价，即使是一个酒窝或一颗美人痣也被定了价。市面上总充斥混杂着赝品，人们有时甚至效仿上帝造物。火柴燃烧后描绘的假眉毛，用长夹子固定在头发上的假髻，这些物品的价格要高得多。

不过说真的，当昨天听到工业家杜朗多老先生那精湛绝妙的想法，也就是要拿丑来做买卖时，我着实吓了一跳。卖美，我尚且能理解，即使售卖的是伪造的美，那也无可厚非，这是进步的标志。我要强调的是，杜朗多先生让那些“丑”的、迄今为止被认为是死的物质进入商品流通，他值得拥有全法兰西的赞叹。不过大家要明白，我这里说的丑，是毫不掩饰的丑，是可以光明正大拿来卖的丑。

您有时会见到这样一群女人：她们成双成对地走在宽阔的人行道上，缓慢地走着，灵巧又引人注目地曳着长裙，在商店的橱窗前停下脚步，忍俊不禁。她们像密友般挽着手，往往以“你”相称；她们年龄相仿，穿着都很优雅。但是，其中一个通常相貌平平，虽然偶然瞥见的话也不至于反感，但人们不会去议论她的长相，也不会回过头多看她几眼；不过另一个却丑得吓人，丑得不堪入目，让人不禁要多瞄几眼，要拿她和她的同伴做比较。

要知道，有时您还会情不自禁地跟在她们后面，您要这么做，那可就上套了。若那个丑女独自上街，恐怕会吓您一跳，换做那个相貌不出众的，您肯定会不自觉地忽略。当她们结伴同行时，丑的那个就衬托了另一个的美。

实话跟您说了吧！那个丑得可怕的女子，其实是杜朗多代办所的人。她就是所谓的“陪衬人”，天才杜朗多先生以每小时五法郎的价格，把她出租给那些相貌平平的女人。

故事是这样的。

杜朗多是个极具独创精神的工业家，也是个百万富翁，如今他在商业领域大展身手，一想到多年来人们还没法拿丑女来做生意赚钱，觉得十分遗憾。

事情源于某天杜朗多灵光一现，和许多伟大的发明家一样，一个新想法突然出现在他脑海里。当时他走在街上，看见前面有一美一丑两个姑娘。在进行观察之后他发现：是丑女的丑衬托了身旁美女的美。就像装饰丝带、遮瑕粉底和假发可以贩卖一样，杜朗多认为美女买丑女来做陪衬也是既正确又合乎逻辑的事情。

杜朗多回到家中，静下心来思考这件事，他酝酿的这一商业运作需要绝顶的智慧来实现。他可不愿投身到那种成则一鸣惊人、败则贻笑大方的事业中去冒险。他花了一整夜去计算，去读那些把男人的愚蠢和女人的虚荣写得最透彻的哲学著作。第二天一大早，他已下定了决心。计算结果给了他信心，而哲学家们将人性的缺点揭露得那样彻底，因此他料想这桩生意会顾客盈门。

如果我能文思泉涌，一定会写出一部杜朗多代办所创立的史诗来，那将是一部既滑稽又悲惨的史诗，充满欢笑和泪水。

为了能找到第一批货，杜朗多费了意想不到的心力。起初他想直接干脆一点，在楼道、树干上和僻静的角落里张贴一些写着“招聘年轻丑女，工作内容简单”的布告。

一礼拜过去了，连个上门的丑女也没有。倒有二十五六个漂亮姑娘，哭着乞求能得到一份工作，她们要么挨着饿，要么染上了恶习，但是心里还想着能找份差事来自救。这可为难了杜朗多，他再三向她们解释，她们长得美，不符合要求。但她们坚持说自己长得丑，认为杜朗多说她们美，不是客套话就是怀有恶意。

看到这种情况，杜朗多明白了。只有美女才敢于承认她们并不具备的丑，至于丑女，她们永远不会找上门来说自己嘴巴大得吓人，眼睛小得离谱。于是杜朗多打算在各处墙上张贴广告，提出将会给予每位前来应征的丑女十个法郎。他觉得反正这么做也损失不了多少钱。

不过，后来杜朗多放弃了贴布告的办法，他雇了六七个掮客，让他们在城里寻找丑女。这些身手头脑过人的掮客，可谓接手了一桩棘手的差事。他们得从对方的性格和处境下手。如果对方急需用钱，他们就直截了当一点；如果对方是一个看上去还没到挨饿地步的姑娘，和她打交道的手段就得更加巧妙一些。上前跟某位女士说“太太，您长得丑，我要按天计算来购买您的丑。”这对每个懂点礼节的人来说都是件困难之事。

可怜的姑娘在镜前哭泣，而在这场对她们的捕猎中，可有不少令人难忘的插曲。掮客们热衷于他们的工作，有时看到一个丑得完美的妇女从街上走过，便一心要把她献给杜朗多，以求得到主人的夸赞。他们尽心尽力，即使赴汤蹈火也在所不辞，有些人为达目的甚至不惜采用极端手段。

每天早上，杜朗多都会查收前一天采集到的货色。他身穿黄色睡袍，头戴黑缎圆帽，四肢舒展，坐在扶手椅中。他让新招来的丑女在各自掮客的陪同下，一个个从他面前走过。他身体后仰着，不时眨眨眼，像个鉴赏艺术品的买家一样，不时做出嫌弃或者满意的表情。他不慌不忙地找准观察的角度和镜头，然后陷入思考。之后，为了看得清楚些，他会让货品转一转身，从各个角度认真端详，有时他甚至会站起身来，摸摸对方的头发，瞧瞧面孔，跟裁缝触摸织布似的，又像杂货店老板在检查蜡烛和胡椒的质量一样。如果丑女的脸愚蠢又笨重，如果她的丑陋验过关，杜朗多会拍手叫好，他会祝贺掮客，甚至可能会拥抱那个丑女。

要深谙丑陋之道，要找到一群真正的丑女却又不得罪前来应聘的美女，这事并不如人们想象的那么容易。杜朗多证明了自己确实有挑选丑女的天赋，因为他表现出自己对人的心理和情欲有着深刻的理解。因而对他来说，主要的问题在于外貌，他只留下那些令人看了感到沮丧的面孔，那些冷漠又愚蠢得让人一下失去热情的面孔。

代办所终于准备好可以开张了，可以根据美女们肤色和美的类型来匹配相应的丑女了，于是杜朗多贴出了如下广告：

杜朗多陪衬人代办所

于一八 ×× 年五月一日在巴黎开业

地址：巴黎 M 街十五号

营业时间：每日上午十点至下午四点

夫人：

兹有幸通知您，本人最近新开店铺营业，旨在尽所能永葆夫人之美貌。本人新发明一种饰品，其功效可重新焕发夫人之自然光彩。

眼看当下，装饰品琳琅满目，随处可见。花边珠宝，应有尽有，但人们也晓得假发盘头，粉面红唇，不过都是些巧妙的化妆之术罢了。

然而，本人欲攻克这一看上去不可能解决的难题，为夫人装饰打扮，同时令旁人无从探究新美韵之来源。无须搭配丝带，也无须在脸上下功夫，我们只为夫人找寻一种天衣无缝的手段来引人注目，同时避免一些无谓的开销。

本人相信自己可以完美解决这一难题。

今日，所有不嫌弃且愿意相信本人的顾客，都将以最优惠的价格，赢得全城的赞叹。

本人所售饰品极为简易，但功效绝对保障。只需介绍一番，夫人便可知晓其中奥妙。

您可曾见过身着绫罗绸缎、戴着手套的貌美夫人伸出纤纤玉手施舍身边的女乞丐？您可曾留意过那绸缎在褴褛衣裳的衬托下多么耀眼？美贵妇在寒酸女乞丐旁多么炫目高雅？

夫人，对于您的美貌，本人可提供众多您想象得到的最丑的面容来搭配。就如破洞衣服可以使新衣更显光彩，本人提供的丑脸，可以使您的美貌更上一层楼。

您从此再也不需要假牙、假发和假胸！再也不需要胭脂水粉、金银首饰！再也不用为化妆用品和花边装饰大肆消费！只要租借陪衬人，挽手走在街上，夫人自然会美貌大增，引来无数男性的驻足青睐！

夫人若大驾光临，本人荣幸至极！您将在本店看到种类最多、相貌最丑的商品。您可以根据自身美貌挑选与之对应的丑女，相信必能使您光彩照人！

定价：每小时五法郎，全天五十法郎。

谨向夫人致以最崇高的敬意。

杜朗多

注意：定价公平优惠，童叟无欺，一视同仁！

广告一出，大获成功。第二天起，代办所开始营业，办公室挤满了客人。她们每个人带着自己选好的陪衬人兴高采烈地离开。没人知道，倚靠在丑女的臂膀上有多少快感，她们就要在别人丑陋的映衬下凸显自己的美貌了。不用多说，杜朗多真是个伟大的哲学家。

然而，别以为这项营生是轻而易举的事，各种出乎意料的难题接踵而来。如果说在招聘员工时已经费尽周折的话，那要让客人满意更是难上加难。

一位夫人前来租借陪衬人，店员让货品排列站好供她挑选，同时在一旁不时提供些中肯委婉的建议。这位夫人来回踱步观察陪衬人，露出厌恶的神情，嫌弃这些可怜的姑娘们太丑或者不够丑，宣称没有一个的丑可以和她的美相衬。职员夸赞了这个丑女的歪鼻子，那个的大嘴，这个的塌额头，那个的傻里傻气，他们口若悬河，但无济于事。

还有一次，有位上门的夫人自己都丑得吓人，要是杜朗多在场的话，一定会不惜代价花重金聘用她。她说明自己这次来是想选一个年轻又不太丑的姑娘来衬托自己的美。她需要的只是一点稍微的装饰而已。店员们没办法，把她领到一面大镜子前，让姑娘们排着队一个个从她身边走过。谁料到，她的丑还是更胜一筹，无奈只能离去，同时对代办提供差劲的货色感到愤愤不平。

不过，随着日子一天天过去，客流量也渐渐稳定下来，每个陪衬人都有了青睐自己的老主顾。杜朗多这下可以心满意足地歇一歇了，他使全人类迈出了新的一步。

我不知道人们是否了解陪衬人的处境，她们会在阳光下绽放笑容，也会在背地里藏起眼泪。

陪衬人长得丑，被当成奴隶，她们在顾客付钱时备受煎熬，正因为她们长得丑，因为她们是奴隶。尽管如此，她们又穿着不俗，和风流人士形影不离，出门专车接送，前往名餐厅用餐，夜夜在剧院消磨时光，天真的人还以为她是出入赛马场或者参加首演的上流社会人物呢。

白天，她们笑容满面；到晚上，她们悲愤不已，低声抽泣。她离开了代办所的梳妆室，独自回到小阁楼里，眼前是一面揭露现实的镜子。她的丑陋赤裸裸地展现在那里，她感觉自己永远也得不到爱。她满足了别人的欲望，自己却永远也品尝不到爱情的滋味。

今天我只是想阐述下代办所是如何诞生的，让后人都能铭记杜朗多的大名。这样的人物因做出了划时代的贡献而理应名留青史。

也许，有一天我会写本书，题名叫《陪衬人的知心话》。

我就认识这些不幸的人其中的一个，她曾向我讲述自身的遭遇，听了令人十分难过。她接待的客人中有巴黎的名媛，但对她十分冷漠残忍。女士们，发发善心吧，不要撕破这些装饰你们的花边，对丑女们温柔一点吧，没有她们，你们根本毫无美丽可言。

我认识的那个陪衬人有着火热的灵魂，我猜想她读过不少沃尔特·斯科特的著作。我不知道还有什么比一个多情的驼背姑娘或一个渴求完美爱情的丑女更哀伤的了。凄惨的姑娘喜欢上了为她可怜的面貌所吸引，又将目光转移到了女主顾脸上的男子。想象一下，这就好比是爱情的魔镜将百灵鸟召集到猎人的枪口下一样。

她有过不少悲惨的遭遇。对于那些像买盒药膏或买双短靴一样付她钱的女客人，她怀有深深的愤恨。她是一件按时租借的商品，但她知道自己也有七情六欲啊！当她以“你”称呼那些夺走她部分爱情的夫人时，您能读懂她的苦涩吗？这些貌美的妇人出于恶趣味，在面前像朋友一样虚情假意夸赞丑女，背后却是把她们当奴隶一般看待。她们任性地蹂躏丑女，就像打破书架上的瓷玩偶一样随意。

但是，一个受苦的灵魂在进步面前又何足挂齿？

人类在不断前进。未来会感谢杜朗多的，因为他让至今仍是死物的东西进入了商品流通。

2889年一个美国新闻界巨子的一天

文 / 儒勒 · 凡尔纳［法］

译 / 王梓涵

你只有探索，才会知道答案。

儒勒·凡尔纳

19世纪法国小说家、剧作家及诗人。
对科幻文学流派有着重要的影响，被称作“科幻小说之父”。
代表作为三部曲《格兰特船长的儿女》《海底两万里》《神秘岛》以及《气球上的五星期》《地心游记》等。

1885年，《纽约先驱报》的老板小詹姆斯·戈登·班尼特想请儒勒·凡尔纳写一篇关于一千年后美国生活的短篇小说。具有讽刺意味的是，这篇短篇小说直到1889年才被刊登出来——而且刊登此篇小说的媒体并非《纽约先驱报》。

29世纪的人们生活在不断变换而又美轮美奂的仙境之中，但他们似乎对此并没有什么感觉。在他们看来，一切都是自然而然的事情。倘若他们把今日同往昔比较一下，他们就会赞叹当今的文明有多么先进和灿烂，并且认识到我们取得了多么大的进步和飞跃！

此时城市的人口已经超过了一千万；道路有三百英尺宽，房屋有一百英尺高；四季都保持恒温，天上无数空中汽车在急速飞驰，往来穿梭！不知道那时的人们能否想象到城市曾经的面貌：泥泞的街道上，马车穿行，马车上面的车厢随着凹凸不平的地面而颠簸，摇摇晃晃……

是的，拉动车辆前进的是马匹！那个时候，马车是唯一的交通运输工具。后来有了老式的铁路，但如今我们有了气压管道，时速可达每小时一百英里，所以你绝对想不到当年的铁路有多么缓慢。现在我们有了便捷的电话和传真，但你们还记得洪荒时代的原始通讯工具“电报”吗？

乔治·华盛顿·史密斯创立的报纸，经过了一代又一代人的传承和发展，虽然中间有过萧条，差点儿夭折，但最近却奇迹般地死而复生。两百年前，美利坚合众国的政治中心从华盛顿迁移至中心城，因此这份报纸也跟随政府搬迁，并改名为《世界先驱报》。不幸的是，虽然改了名字，但它却没能维持以往的辉煌。越来越多现代化新闻媒体的竞相出现，给传统报业带来了前所未有的冲击和压力，《世界先驱报》陷入萧条。二十年前，该报的订阅量只剩下有几十万份。此时，弗里茨·拿破仑·史密斯入主报社，并开创了电话新闻业，为其注入了新的能量和活力。

弗里茨·拿破仑·史密斯的新理念很快就被大家接受，并且家喻户晓——近百年电话的飞速发展和广泛使用，为电话新闻的诞生提供了切实可行的基础。从此，《世界先驱报》不再印刷纸质报纸，人们每天早上不是看到，而是“听到”《世界先驱报》新闻。订阅者可以跟感兴趣的记者、政治家或者科学家交谈，了解当天的新闻或者感兴趣的消息。另外，每个订阅用户都拥有一台留声机，当用户碰巧没心情听时，他们就可以离开，做自己想做的事情，把搜集新闻的任务交给留声机去完成。至于购买报纸的非订阅月户，街上随处都有留声亭，他们可以花很少的钱，在留声亭里了解当日新闻。

弗里茨·拿破仑·史密斯的革新激起了这份历史悠久的报纸新的活力。短短几年内，报纸的订阅量增加到了八千五百万份，史密斯家族的财富源源不断地增长。

由于有了足够的财力，他如今成了新闻报业界的王者。是的，表面上他的确是至高无上的君王，声名显赫。但实际上，作为新闻巨头，他也身负重担。咱们可以跟踪观察他一天的生活，看看他每天有多少事情需要殚精竭虑地操心。跟踪观察哪一天呢？这无所谓，因为每天都一样。

那咱们择日不如撞日，就今天吧——2889 年 9 月 25 日。

今天早上，弗里茨·拿破仑·史密斯醒来时，心情很不好。他的妻子去法国已经有八天了，他觉得很孤独。看起来有些不可思议，他们结婚十年来，这还是伊迪丝·史密斯夫人——曾经性感迷人的专业模特，第一次离家这么久。她经常去欧洲旅行，通常都是去两三天就回来。史密斯先生醒来第一件事就是打开影像传真机，传真机的线路直通他在巴黎的公馆。

影像传真机！这是现代科技的又一项伟大发明。传送声音已经过时了，通过电线连接的敏感镜片传送影像则是不久前兴起的新鲜事物。这的确是一项非常有价值的发明。史密斯先生今天早上由衷地感谢影像传真机的发明者，因为在传真机的帮助下，虽然他跟妻子相隔万里，但仍可以清楚地看到她的身影。

多么柔美的影像啊！也许是昨晚参加舞会或者去戏院看戏累了，她还躺在床上，虽然巴黎时间现在已近中午，但是她还在睡着。看到这温馨甜蜜的一幕，史密斯先生的心情愉快了很多。有电话打来，要他去处理公务。于是他轻松一跃，从床上起来，走进了穿衣机中。

两分钟后，当他走到办公室门口时，机器已经给他梳洗完毕，穿戴整齐。每天例行的巡视工作开始了。首先，他走进连载小说家大厅，这是一个宽敞的空间，上面有一个透明的巨大穹顶。角落里有好多部电话机,上百个《世界先驱报》的小说家通过电话机,向读者口述上百部小说的每日最新章节。

史密斯走到其中一位作家身旁，等待时机跟他说话。

“太棒了！非常绝妙，亲爱的，”史密斯说，“你最新的一章故事非常精彩！年轻的农家姑娘跟年长的情人讨论有趣的哲学问题，你的观察力非常敏锐，而且田园风光描写得非常美妙绝伦。继续加油，我亲爱的阿契巴尔德，继续努力！非常感谢您，由于您的精彩讲述，从昨天起，我们又增加了五千名订阅用户。”

“约翰·拉斯特先生，”他转过身又走到另一位小说家跟前说道，“我对您的作品不太满意。你的小说并没有展现生活的画面，缺乏真实性。为什么呢？很简单，因为你直奔结局了，你并没有对情节进行仔细剖析。你安排小说里的主人公出于各种目的做这做那，但是却从来没有想过人物做这些事情的心理状态和人格本性。你必须记住，人的感情是很复杂的。在真实生活中，人的每一个行为都是经过前思后想而得出的结果，这些东西你必须好好学习，举一反三。观察你自己每天的生活，我亲爱的拉斯特。效仿一下我刚才表扬过的那位同僚，你可以从他身上学到不少东西。把自己催眠，要让自己先沉浸在故事的世界里。什么？你已经试过了吗？还不够呀！”

之后，史密斯先生继续视察，走进了采访厅。采访厅里的1500名记者，都有自己专属的座位，面前都摆着同样数目的电话，正在与订阅者交谈，将夜里从世界各地收集到的新闻告知订阅用户。这个无与伦比的部门经常被公众谈论和描述。

除了电话以外，每个记者面前还有一组蓄电池，这样可以使其与订阅用户的电话线路保持畅通。订户不仅可以听到新闻，而且可以看到事件的经过。如果叙述的社会新闻是已经发生过的，记者不仅会把事件详细叙述给用户，同时还会传输相关的照片和影像，用户就会对事件有更清楚和透彻的了解。记者们所报道的新闻，就像不同的故事书和报纸杂志的其他组成部分一样，是按照一个巧妙的系统自动分类的，并按一定的顺序传送到听者耳中。

此外，订阅用户可以随意选择感兴趣的新闻来听，或者选择他们喜欢的记者来播报。有的用户可能特别喜欢某个记者，而不喜欢另一位。

天文部门有十位记者——这个部门是新近设立的，还处在初期阶段，但是在新闻业中将发挥举足轻重的作用。

史密斯先生走到其中一位记者跟前，问道："喂，卡什，有什么新消息吗？"

"我们收到了从水星、金星和火星上拍摄到的影像，先生。"

"火星上有什么有意思的事吗？"

"是的！中央帝国发生了一次革命。"

"那木星呢？"史密斯先生问道。

"还没有收到消息。我们不太明白木星人的信号。或许是我们的信号他们收不到。"

"这太糟糕了。"史密斯先生一边说着，一边快步走向科学编辑室，脸上有一丝不悦。

科学编辑室里，三十名科学家埋头看着各自的电子计算机，沉浸在超函数的计算中。史密斯先生的到来，就像一枚炸弹落在他们当中。

"诸位，猜猜我刚才听到了什么？木星没有任何回音？一直都是这样吗？拜托，库利，这个问题你都研究十年了，可是还没有——"

"的确如此，"受到质问的科学家回答，"我们在光学领域的研究还有待发展和改进，而我们的一又四分之三望远镜——”

“您听见了吧，皮尔，”史密斯先生打断了库利的话，转向了另一位科学家，“光学领域还有待改进！光学是您的专长，可是，”他又转向威廉·库利，说道，“木星没有进展，那从月球得到什么消息了吗？”

“还没有任何进展，先生。”

“这回您不能归罪于望远镜了吧！月球比火星近得多，可我们跟火星的通讯早已建立，双方的交流已经畅通无阻。我想你不会说你们没有天文望远镜吧？”

“天文望远镜？哦，不，问题是在于——月球上没有人！”

“没错！”皮尔也附和道。

“那么，你们确定月球上真的没有人居住吗？”史密斯先生问道。

“至少在对着我们的这半边上是没有人的，”库利说，“至于另外半边，谁能知道呢？”

“啊，另外一边！那么你觉得——”史密斯先生若有所思地说，“我们是不是可以——”

“可以怎样？”

“把月球的另一边转过来。”

“哎呀，对呀。”两个科学家立刻兴奋地喊起来。的确，看样子他们非常自信，他们十分有把握这个办法能成功。

“另外，”史密斯先生沉默了一会儿，然后说道，“今天没收到什么有意思的消息吗？”

“有的，的确有，”库利说，“奥林匹斯星的元素成分已经确定了。这颗巨大的行星在海王星之外，距离太阳运行轨道 11,400,799,642 英里。穿越轨道到达那里，将要历时 1311 年零 294 天零 12 小时

43分零9秒。”

“你怎么不早说呢？”史密斯先生高兴地说，“立刻通知记者报道此事。你们知道，公众对这些天文问题怀有极大的兴趣和好奇心。这条新闻一定要登在今天报纸的头条。”

于是，两位科学家向史密斯先生鞠躬致意，看着他走向下一个大厅，一个巨大的走廊，足有3200英尺长，这里是天空广告部。

人人都可以看到，云朵之中飘浮着巨大的广告，整个城市，甚至全国的人都能看到这些巨幅的广告。这种崭新的广告形式，也是出自弗里茨·拿破仑·史密斯先生的奇思妙想。在《世界先驱报》大楼上，有数千台放映机，持续不断地将这些巨幅的广告放射到云层之中。

今天，史密斯先生走进了天空广告部。他发现操作员抱着双臂，坐在没有开动的放映机旁边，于是他上前询问他为何在那里干坐着。操作员没有说话，指着湛蓝的天空作为回应。

“是啊，”史密斯喃喃地说，“天上没有一片云朵！太糟糕了，这可怎么办呢？要造雨吗？倒是可以，但是管什么用呢？我们需要的是云，不是雨啊，你去，”他对总工程师说，“去一趟科学部的气象科，找塞缪尔·马克先生，替我告诉他立即想办法解决人工造云的问题。总不能老是受这种无云天气的摆布！”

视察过报馆的各个部门之后，史密斯先生走到招待厅，派驻美国的各国大使正在那里等候他。他们都来向这位无所不能的君王讨教问题或意见。他进入会客室时，各位大使正在进行热烈地讨论。“请阁下恕我直言，”法国大使对俄罗斯大使说，“在我看来，欧洲版图没有需要进行改变的必要。‘北边属于斯拉夫人？’好的，当然理应如此！但南方是属于拉丁人的。我认为，莱茵河作为我们的共同疆界，充分发挥了其重要作用，这样挺好！另外，我必须向您说明，我们的政府坚决抵制和反对任何改变地域划分的运动和举措，不仅包括在我国首都巴黎以及重要的两个辖区罗马和马德里的版图变革运动，也包括圣彼得统治的耶路撒冷王国的版图变革运动，法国是欧洲版图坚定的守护者。”

“说得好！”史密斯先生说。

他转向俄罗斯大使，问道：“怎么，贵国如此幅员辽阔，是世界上领土面积最大的国家，疆域从莱茵河畔，延伸到天山天池和喀喇昆仑，贵国领土的疆域分别与北冰洋、大西洋、地中海和印度洋相连，你们还有什么不满足的呢？何必还要威胁恐吓呢？现代科技飞速发展，我们有射程达六十英里的窒息弹、有射程九十英里的电火炮，能够瞬间消灭一个营的兵力。更不用说战争还会带来瘟疫、霍乱、黄热病，在交战双方的国家肆意横行、广为传播，几天之内就会毁掉双方的整支军队，所以您觉得如今这战争还有可能打起来吗？”

“您说得没错，”俄罗斯大使回答，“但是我们俄罗斯，一直受到东边中国人的紧逼，所以我们必须不惜一切代价，全力向西边推进。”

“那咱们就得把问题的源头解决，”史密斯先生说，“我会跟我国的国务卿商谈此事。另外也会与中国政府进行交涉，将问题圆满解决。”

“这样的话，当然最好了。”俄罗斯大使对此表示很满意。

“啊，约翰爵士，有什么能为您效劳的吗？”史密斯先生转向始终保持沉默的英国领事，问道。

“是的，有件事请您帮忙，”英国领事回答，“不知贵报能否替我们造一场抗议的声势。”

“抗议什么？”

“就是抗议废除美国吞并英国群岛的国会法案。”

通过一场重大的变革，英国已经沦为美国的殖民地，但是英国人并不认同这一政策，始终无法忍受这一事实。所以英国定期向美国政府提出申诉，但屡屡受挫。

“很简单！”史密斯先生耸耸肩，高声说，“合并已经拖了150年！英国人永远不能忍受，由于人间事物会循环往复，他们的国家成了美国的殖民地，这真是昏了头了！贵国政府怎能相信我会打一场反爱国主义的笔仗呢……”

“我们英国人觉得贵国应该适可而止了。门罗主义①已经得到完全奉行。全美洲都属于美国人管辖和统治。但你们还想要怎样呢？此外，我们会为我们所提出的要求支付相应的款项。”

“的确！”史密斯先生没有表现出任何不悦和愤怒，“你们英国会永远保持这种状态。约翰爵士，别指望我会帮你。让我们放弃最优越的殖民地英国？那你们为什么不要求法国慷慨大度地放弃对非洲的所有权呢？他们花了八百年耗费大量人力和物力，才彻底征服了这个重要的殖民地。你有胆量就试试看吧！”

“您这是明确地拒绝了！没得商量了！”英国代表失落地喃喃自语，“英国成为了美国的盘中之物；而印度——”

“划分给了俄罗斯。”史密斯先生替他把话说完。

“澳大利亚——”

---

①注：门罗主义（Monroe Doctrine）发表于1823年，是美国一项关于美洲大陆控制权的外交政策，表明美利坚合众国当时的观点，即欧洲列强不应再殖民美洲，或涉足美国与墨西哥等美洲国家之主权相关事务。声明称，欧洲国家如果进一步对北美和南美的土地进行殖民，对其政权进行干预，都将被视为侵略行为，届时美国都会介入。此观点由詹姆斯·门罗总统发表于第七次对国会演说的国情咨文中，是美国涉外事务之转折点。

“成立了独立的政府。”

“我们大英帝国什么都没了，一无所有！”约翰爵士情绪低落地叹了口气。

“一无所有？”史密斯先生大笑道，“还有直布罗陀呢！”

与各国大使的会面在史密斯先生的笑声中结束了。此时，正午的钟声敲响，到了午饭的时间，史密斯先生回到自己的房间。晚上睡觉的床，到了早上就会自动收起，原有的位置上，有一张大书桌从地板升起。因为史密斯先生是个十分高效务实的人，他能够把所有的问题都进行简化，然后一一化解。在他看来，房子已经不再需要像过去那样，配置好几个房间，有不同的功能分区，现在的住所只要一个房间，配上巧妙的机械设计机关，就可以功能完备，一应俱全了。他在这个房间里睡觉、用餐——总而言之，这里就是日常生活的地方。

史密斯先生坐在餐桌旁，影像传真机的镜面里传送出巴黎住所的影像，就是今天早上我们所看到的那个房间。桌上已经摆好了午餐，虽然美国和法国之间有时差，但他和妻子约好了同时用餐。虽然相隔三千英里，两个人却能面对面地一起吃饭聊天，相视而笑，再没有比这更浪漫更惬意的了。

但此时，巴黎的住所里却空无一人。

“她来晚了！女人的时间观念啊！人类的一切都在进步，唯独这一点，自古至今，多少年来都没变过！”史密斯先生一边嘟囔着，一边拧开一个开关，第一道菜就出来了。对于像史密斯先生这样的有钱人来说，已经不再使用家庭厨房了。他是“美味营养食品公司”的订餐客户，公司会通过庞大的气压管道传送网络，将各种各样的菜肴传送到客户的家里。

公司的菜品极为丰富，可以满足各类人的需要。不用说，这种订餐传送服务肯定价格不菲，但菜肴的味道绝对一流，而且这个送餐服务有个好处，就是人们不用再挤破头去上厨艺课了。史密斯先生收到菜品，开始独自享用美食，当天的菜品有开胃小菜、主菜、烤肉以及蔬菜和豆类。他的饭后甜点都快吃完了，史密斯太太才出现在影像传真的镜面屏幕上。

“你上哪儿去啦，亲爱的伊迪丝？”史密斯先生在电话里问道。

“咦？你都吃上餐后甜点了？看来我来晚了。”她可爱而迷人地说，“我去裁缝店了。这一季流行的帽子真是太漂亮了！我一激动就忘了时间。”

“是啊，是有点儿晚了，”史密斯先生嘟囔道，“我午饭都快吃完了。请原谅，我陪不了你了，我得走了。”

“哦，没关系，亲爱的，晚上见。”

一辆空中汽车正在窗外等待着史密斯先生，他走向窗口，进入车内。

“您去哪儿，先生？”司机问道。

“让我想想。我有三个小时的时间，”史密斯先生说，“杰克，送我去尼亚加拉瀑布发电厂，我要去看看蓄电池的运行情况。”

史密斯先生已经获得了尼亚加拉大瀑布的租赁权。多年来，瀑布所产生的能量一直未能得到有效的利用。史密斯利用了杰克逊发明的蓄电池，积聚和储存瀑布所产生的能量，然后再销售这些能量。他这次瀑布之行比预计的时间要长一些，等他回到家时，已经是下午四点钟，正好是他每天接见求见者的时间。

不难想象，以史密斯这样的身份和地位，一定会有各种各样的人前来求见。第一位求见的人，是一个发明家，希望史密斯先生给他提供资金；接着是一个掮客，来向他推荐一个号称能够创造数百万利润的恢弘计划。史密斯必须在这些形形色色的项目中做出选择，对于那些毫无价值的项目予以拒绝，对于有可疑之处的进行审查，对于那些有价值的好项目予以接受和采纳。每天，史密斯先生都得花两个小时来接见这些人，听取他们的陈述，然后做出选择。

今天来求见的人比平时少——只有十二个。在这些人中，有八个人提出的都是不切实际的方案。其中有一个人想振兴绘画艺术，由于彩色摄影技术的进步和发展，这种艺术形式已经日渐没落。另一个人是位内科医生，声称自己发现了治疗鼻黏膜炎的方法！这些提出不切实际项目的人迅速被打发走了。但有四个项目很符合他的心意，被采纳了。第一个是个年轻人，宽大的额头表明他聪颖过人。

“您好，先生，我是个化学家，”他开始陈述道，“很高兴见到您。”

“好极了！”

年轻的化学家说：“物质的原体过去尚有62个有待研究，一个世纪前，未研究出的原生体减少到了十个，而现在只剩下三还未解决，这您应该是知道的。”

“是的，我知道。”

“那么，先生，另外我也要向您说明一下。在未来几个月，甚至几周之内，我就会成功解决这个问题。甚至，几天内就能研究出来。”

“然后呢？”

“之后，先生，我就会得出最后的结论。我唯一的要求就是希望您能提供给我足够的钱，好让我顺利完成研究，得出圆满的结论。”

“很好，”史密斯先生说，“你的这个研究发现在现实中能有什么实际应用价值呢？”

“实际应用？那我们就可以轻而易举地创造出各种物质了，比如石头、木头、金属、纤维……”

“能造出鲜血和肉体吗？”史密斯先生打断了他的话，“难道你认为能造出一个大活人吗？”

“为什么不能？”

于是史密斯先生预先提供四十万块钱给这位年轻的化学家作为启动资金，并聘请他到《世界先驱报》的实验室工作。

成功获得资助的四位申请人中的第二个人，从自十九世纪就开始进行的反复不断的实验中，找到经验和理论依据，并提出一个大胆的设想，要把整座城市从一个地方移到另一个地方。他所关注的目标城市是格兰顿。众所周知，这是一座距离海边十五英里的内陆城市。他计划要把这座城市利用铁轨运到海滨，建成海滨度假胜地，所以利润将会非常可观。史密斯先生被这个计划深深吸引，同意出资一半。

“您知道的，先生，”第三个申请者对他说，“借助于太阳能、地热能蓄电池和变压器，我们可以使四季的气候都保持一致。我打算再进行一些改进，将我们收集到的一部分能量转化为热能，然后再把这些热能输送到极地，使极地的雪盖融化，这样一来，极地就变成了一片巨大的疆域，可以供人类居住。您觉得这个计划如何？”

“把你的计划留下，一个星期后再回来。我研究一下，到时再给你答复。”

最后，第四个科学家宣布有一个重大的科学问题即将解决。众所周知，一百年前，纳撒尼尔·费斯伯恩博士做了一项大胆的实验，他坚信人类可以冬眠——换句话说，就是人类暂时停止生命机能，经过一段时间后可以再次激活身体的各器官，再次苏醒。

为此，他决定在自己身上进行试验，验证他的方法是否有效。他立好了遗嘱，指明了使他复苏的确切方法，而从他死亡之日开始算起，他的休眠时间要持续一百年，他迫不及待地想要在自己身上证实这一理论。于是费斯伯恩把自己弄得跟木乃伊一样，躺进棺材，葬在坟墓里。时光飞逝，今天是2889年9月25日，正是他指定自己要复活的日子。所以这位申请人请求史密斯先生今晚能允许在他的住处继续进行此试验的后续部分。

"我同意了。晚上十点来吧。"史密斯先生答复道。随后，接见会议结束。他遣走众人，独自待着，感觉十分疲惫，于是躺在了一张长椅上。然后，他转动了一个开关，接通了中央音乐厅，全国最伟大的音乐家为客户弹奏最优美的乐章，这些美妙动听的音乐作品都是根据一系列精妙而深奥的代数公式编写而成的。

夜幕降临，史密斯沉浸在和谐优美的乐曲声中，忘记了时间。他完全没有察觉到天已经黑了，夜晚已经到来。寂静的夜色中，突然传来一扇门开启的声音。"谁啊？"他按了一下开关，说道。

突然间，空气中产生一阵电流震荡，发出亮光。整个房间都亮了起来，史密斯先生认出了来访者。

"啊，是您啊，医生？"

"是的，"对方回答说，"你好吗？"

"我很好。"

"那就好！来　让我看看你的舌头。很好！再看看你的脉搏。很正常！你的食欲如何？"

"勉强凑合吧。"

"嗯，是的……胃，你的胃不好，有些老化了。如果是胃出了毛病，就得及时治疗。不过还需要进一步检查。我们必须好好研究一下。"

“那么现在，”史密斯先生说，“请跟我一起吃晚饭吧。”

跟白天的时候一样，一张桌子从地板升起。也像白天时一样，桌子上摆满了从气压管道传送过来的食物，有汤、烤肉、蔬菜炖肉和豆类。快吃饭的时候，史密斯又接通了和巴黎的影像传真连接。史密斯见到了他的妻子，正坐在餐桌前吃晚饭。看到妻子孤身一人，他心里说不出地高兴。

“请原谅，亲爱的，又冷落了你，让你一个人吃饭。”他在电话里说，“威尔金斯大夫来了。”

“啊，是那位亲爱的医生！”史密斯太太说，本来落寞的面容突然间有了神采。

“是的，不过，你什么时候回来啊？”

“今天晚上。”

“太好了。你走气压管道还是坐空中火车？”

“气压管道。”

“哦，那你几点到家？”

“大概十一点吧。”

“你是说中心城时间的十一点吗？”

“是的。”

“好的，那一会儿见喽。”说完，史密斯先生就挂断了通讯连接。吃过晚饭，威尔金斯医生要走了。

“希望您十点再来，”史密斯先生说，“今天，似乎是赫赫有名的费斯伯恩博士复活的日子。我猜您一定没想到吧。复活过程将在我家进行。您一定得来看看。我相信您一定会来的。”

“我会来的，”威尔金斯大夫答道。

房间里又只剩下他一个人了。史密斯先生开始埋头整理账目，这个工作处理的都是庞大的数目，每天的交易额高达八十万美元。

幸运的是，由于现代机械技术的进步，处理这项工作就变得轻松多了。多亏了电子计算器，即使再复杂的运算都能在几秒钟就搞定。两个小时后，史密斯先生终于完成了工作。时间刚刚好。他刚把账目的最后一页查完，威尔金斯大夫就来了。在他身后，一群科学家护送着躺在棺材里的费斯伯恩也来了。他们立刻投入工作。棺材被放在房间的中央，影像传真机也准备好了。

公众已经得知了这个消息，全都焦急地等待着，翘首以盼，全世界的人都在见证这一复活的过程。此时，一位记者就像古代戏剧中的旁白一样，通过电话向大家描述复活的所有进程。

“他们正在打开棺材，”记者说，“现在，他们正在抬出费斯伯恩——完全就是一个木乃伊，蜡黄色的，又硬又干，敲一下，就像木头一样梆梆响。他们正在给他加热，然后通电。没有反应。试验暂缓进行，威尔金斯医生正在给费斯伯恩做检查。威尔金斯大夫站起身来，宣布此人已经死亡。”

“死了！”记者的惊呼代表了所有人的心声。

“是的，”威尔金斯医生说，“死了。”

“死了多久了？”

威尔金斯大夫又说出了一句惊人的话：“一百年了。”

结果就是这样。费斯伯恩死了，彻彻底底地死了！

“这个方法还需要改进。”史密斯先生对威尔金斯大夫说。与此同时，冬眠科学委员会的人把棺材抬走了。

“这个试验就到此结束了。虽然可怜的费斯伯恩死了，不过至少他是睡着死去的，”他继续说，“真希望我也能安然睡去。我太累了，医生，实在太累了！您觉得洗个澡会有助于缓解一下我的疲惫吗？”

“当然可以。不过您洗完澡出来的时候，一定要裹好浴巾，别着凉了。”

“出来？医生，您也知道，这房间里一切都是由机械操作的。我不用走到浴室,浴室会自己过来。您看好了！”他按了一个按钮。几秒钟后,传来微微的隆隆声,渐渐地,这个声音越来越大,突然间,门开了，一个浴缸出现在面前。

这就是2889年《世界先驱报》老板的一天。一年里的365天，天天都是如此。不过如果碰上闰年，就是366天——因为目前还没有找到增加陆地年份的方法。

影子

文 / 汉斯 · 克里斯汀 · 安徒生［丹麦］

译 / 王梓涵

每个人的人生都是上帝手写下的童话。

汉斯·克里斯汀·安徒生

丹麦19世纪童话作家，被誉为“世界儿童文学的太阳”。代表作有《海的女儿》《拇指姑娘》《卖火柴的小女孩》《丑小鸭》《皇帝的新装》等。

在热带国度，太阳光很强烈，生活在其中一些最热的国度里的人们，都被灼热的阳光晒成了黑人。但是有一位来自北方寒带的学者却偏偏来到了这些热带的国度。他游历过北方的众多国家，所以现在要在这些炎热的国家也游历一番。

但是他很快就发现这个决定是错误的。他和其他那些怕热的人一样，热得不敢出去，只好待在屋子里，整天都关着门，拉着百叶窗。从外面看去，屋子里就像根本没有人，或者屋子里的人都在睡觉一样。窄窄的街道旁，矗立着一座座高大的房子，他就住在其中一座高楼里。阳光从早到晚照射着高楼，几乎没有停歇的时刻，真叫人吃不消!

在这位来自北方寒带的年轻而聪明的学者看来，自己就像是坐在一个炙热的烤炉里一样。炎热的天气，消耗了他不少能量和体力，于是他变得很瘦，就连他的影子也比在老家的时候缩小了不少。只有在晚上，太阳下山之后，这个年轻人和他的影子才会恢复成以前的样子。

这种情形的确很有趣。只要把蜡烛一拿进房间，影子就会伸长，以获取能量和力气。它会伸长到墙壁上，甚至延伸到天花板，变得越来越高，越来越大。为了伸伸腰板，学者走出屋子，来到了阳台。只要一看到璀璨的夜空里闪耀的繁星，他就会觉得自己又重新恢复了生气和活力。

在热带国度，所有窗户外面都有阳台，所有街道两旁高楼的阳台上现在都站满了人。人们都走出屋子呼吸新鲜的空气，虽然他们的皮肤都被晒成了桃心木色，但这么清凉的夜晚和新鲜的空气，谁不喜欢呢。阳台上上下下都是人，整个街道顿时显得热闹起来。

但有一间房子却异常安静——那间房子正好在那位外国学者住处的对面。

是的，那间房子不是空的，有人住在里面，因为阳台上的花长势很好，亭亭玉立，即使整天在炎炎烈日下炙烤着，依然保持着旺盛的生命力，如果不浇水的话，肯定长不了这么好。但是屋子里面却很黑，至少正门对着的房间黑暗无比。如果你仔细听的话，会听见房子里有音乐声飘出来。

这位学者觉得音乐声很美妙动听，不过这可能只是他的幻想和错觉，因为他觉得这些热带国家里的一切都很美妙，当然，热辣辣的太阳除外。这位外来学者的房东说，他不知道租下对面那套房子的人是谁，而且没人见过房子里有什么人出现。至于音乐声，房东觉得很无聊，惹得人心烦。他的原话是："就像有人坐在琴边弹琴，总是弹奏同一段曲子。就好像弹琴的人在说：'我一定要把这段曲子练好。'但事实却并非如此，他练得再久，这段曲子也弹不好。"

一天晚上，这位外来的学者醒来。他睡觉的时候，通向阳台的窗户是开着的。一阵微风拂来，掀开了窗帘，他突然感觉街对面那间房子的阳台上射出一道奇异的光。阳台上的花被这道光照得像火焰一样绚烂。在花中间站着一位俏丽动人、婀娜纤瘦的女子，似乎那女子的身上也发出了一道光。那亮光十分刺眼，不过可能是因为他突然醒来时眼睛睁得太大的缘故。

他连忙翻身从床上一跃而起，然后悄悄走到窗边，透过窗帘看向对面。但那个女孩却不见了，那些花儿也不再发光，依然像平时那样鲜活旺盛。对面房子的房门半开，从里面飘出一阵阵旋律，美妙而轻柔，使人不禁陶醉其中，觉得无比甜美和浪漫，犹如进入仙境一般。但到底是谁住在那里呢？他们从哪里进出屋子的呢？看着街道的对面，那间房子的楼下是一排店铺，人们不可能是从店铺走上去的。

又是一天晚上，这位外国学者坐在自家阳台上。身后的房间里点着蜡烛，因此他的影子自然而然地就投射到街对面那间屋子的墙上去了。是的，影子就在那些花儿中间，学者一动，影子也跟着动。

“我想对面我能看见的唯一活着的东西，就是我的影子，”学者自言自语地说，“你看，他在那些花当中多么轻松惬意，就像在自己的家里一样。房门半开着，如果我的影子聪明的话，他就会自己进去，到屋里去看一看，然后再回来告诉我看到了什么。”

“是的，”他开玩笑地说，“你应该变聪明些，发挥点儿自己的用处，走进去瞧瞧。怎么，你不去吗？”

他对影子点点头，而影子也对他点了点头。

“那就快去吧，记得一定得回来哦。”

学者站起身，街对面阳台上的影子也随他一起站了起来。学者转过身，他的影子也同时转身。如果你仔细留意的话，你会看见，当学者转身回到房间，把窗帘放下的时候，影子突然穿过对面屋子阳台上那扇半掩着的门，走了进去。

第二天早上，学者要去外面喝咖啡，看报纸。他走出屋子，突然说:“这是怎么回事？”他走到阳光下，说，“我的影子不见了！难道它昨晚真的走了？一直没回来？不会吧？”

不过最让他心烦的不是影子不见了，而是因为他听说过以前有一个人影子不见了的故事。在他的家乡，几乎所有人都知道这个故事。如果他回去之后，把自己影子不见了的事情告诉别人，他们会说他是照搬那个故事编出来的。他不愿意别人说他模仿，于是他决定什么也不说，对于影子不见的事情绝口不提，他觉得这是最明智的做法。

当晚，他又来到了阳台上。他已经事先在身后点上了蜡烛，因为他知道他的影子总是喜欢把他的主人当作幕布。但是这次他却没有把影子引出来。不管他蹲下还是起来，不管怎么变换姿势，都没有影子出现，它就是不出来。他急得抓耳挠腮，来回转悠，但却无济于事。

真是急死人了，但在炎热的国度，一切都变化得很快。一个星期后，当他走在阳光下，他惊喜地发现一个新影子出现在他脚下，就像植物的根一样，从他的脚下新生出来。三个星期后，他的影子已经渐渐长大。他动身返回北方的老家，一路上影子越来越大，越来越长。以至于到后来，它长得异常庞大，即使截去一半，它也比正常的影子高大。

学者回到了故里，在家写书。他写了很多书，赞美这世界上的真善美。

时间渐渐流逝，一天又一天，一年又一年，许多许多年过去了。一天晚上，他正坐在房间里，突然听到了轻轻的敲门声。

“请进。”他说，但是没人进来。他打开门，看见门口站着一个很瘦很瘦的人，给人一种很奇怪的感觉。但是，这个人衣着很光鲜整洁，看起来像是个很有地位的人。

“请问您尊姓大名，有何贵干？”学者问。

“呵呵，”这位尊贵的访客说，“我就知道您肯定认不出我来。现在我有了血肉之躯，还穿上了衣服。我想你一定想不到我会变成现在这个样子。您不认识您以前的影子了吗？您一定以为我永远不会回来了吧。自从离开您之后，我过得非常好，一切都很顺利。不管从哪方面来说，我都应有尽有。假如自由可以用金钱来换取的话，我也有足够的财富把它赎回来。”他晃了晃手上戴着的手表，上面镶嵌着一堆价值连城的宝石，他又摸了摸脖子上戴着的又大又粗的金项链。哇！他的手指上戴满了钻石戒指——身上所有的珠宝都是真的。

“不，等一会儿，我有点儿懵！”学者说，“这到底是什么意思？”

“您可能觉得太不同寻常了，”影子说，“不过您自己也不是寻常人啊。您也知道，我从小就跟着您，寸步不离，如影随形。后来，您觉得我长大成熟了，有足够的能力一个人去闯荡世界，于是我就走了。我获得了极大的成功，取得的成就简直难以估量。但是我很想在您去世前能再见您一面，是的，您终有一天会离开这个世界。而我想再回这个国家看看。您知道人总是怀念自己的故土。我知道您又有了另外一个影子。我是不是对您和您的影子有所亏欠呢？如果有什么需要的话，您尽管开口。”

“啊！真的是你吗！”学者说，“怎么会这样！这真是太离奇了！我真没想到，人的影子会以人的面貌和样子再回来。”

“请告诉我该怎么补偿您，”影子说，“因为我实在不喜欢欠别人的债。”

“你怎么能这么说呢？”学者说，“你欠我什么债呢？你是自由的。你取得了这么大的成就，我真的替你感到高兴！快请坐，我的老朋友，跟我说说你的事，说说咱们当年在那个热带国家时，你进到街对面的房子里，看见了什么。”

“好的，我会一五一十全都告诉您。”影子坐了下来，说道，“但你必须答应我，不管您在什么地方见到我，请不要跟别人说我曾经是您的影子。我想找个人结婚，因为以我的能力足可以供养一个家庭。”

“不用担心，”学者说，“你的真实身份我不会告诉任何人。我可以对你发誓，男子汉大丈夫，一言九鼎，绝不反悔。”

“影子同样也是男子汉大丈夫，同样也一言九鼎。”影子说。因为他只能这么说。

看样子他真成了一个了不起的成功人士，穿着一身黑西装，面料考究，锃亮的漆皮鞋，做工精致的男士礼帽，造型十分完美。更不用说那些璀璨闪亮、抓人眼球的东西——镶嵌着宝石的手表、大金项链还有钻石戒指。影子这一身装扮真是尽显华贵，让他看起来像是个真的仪表堂堂的人类。

“那我现在就告诉您吧。”影子说。学者的新影子像小狮子狗一样趴在他脚下，影子穿着锃亮的漆皮鞋，一脚踩在新影子的胳膊上。这么做，也许是因为骄傲自得，也许是要让新影子趴在自己的脚下。地上的影子安静地趴着，一动不动，他想静静地听他们讲话，也许能学到怎样才能获得自由，成为自己的主人。

“您知道住在街对面那间房子里的人是谁吗？”学者曾经的影

子说道，“她是所有生物中最可爱的一个——诗神。我在那里住了三个星期，但感觉却像是住了三千年一样。我读了世界上所有的诗歌和文章。我所说的这些话，都是真的！我真的看过所有的东西，我知道一切。”

“诗神！”学者惊声道，“是的，她经常像个隐士一样，隐居在大城市里。诗神！没错，我亲眼见过，不过只是一刹那，那时我刚睡醒，还睡眼蒙眬。她站在阳台上，发出像北极光一样耀眼的强光。告诉我！快告诉我！你当时就在阳台上，你穿过了那扇门，然后——”

“然后我就走进了前厅，”影子说，“就是你坐在对面的阳台上，一直在盯着的那个房间。房间里没有蜡烛，只有模糊的微光。但是里面却有一排厅堂和房间，一个门挨着一个门，房门都是开着的，而且都灯火辉煌。耀眼的强光几乎快把我照死了，不过我仍然坚持着往里走，走到最里面，女神所在的房间，但是我很小心翼翼，不疾不徐，镇定自若。”

“那么，你看到了什么，我的老朋友？”学者问道。

“我看到了一切，我会把看到的一切都告诉您，并不是我这个人高傲自大，不过我是个自由的人，而且饱读诗书、学识渊博，更不用说我现在的地位和财富，所以我希望您不要叫我‘老朋友’。”

“请您原谅！”学者说，“这是我的老毛病了，一时很难改掉。您说得很对，尊敬的先生。我会记住的。不过，现在，尊敬的先生，请您把您所看到的一切都告诉我吧。”

“一切？”影子说，“对，我看到了一切，也知道了一切，可从何说起呢？”

“那房子的最深处是什么样子的呢？”学者问，“是像一片葱郁的山林，还是像一座神殿？那些房间看起来是不是就像站在高山之上仰望星空时，看到的满天星斗？”

“所有的一切，那里都有，”影子说，“但我并没有走进屋子深处，我只是待在黑暗的前厅，但我所在的地方视角很好，一切都能看到，一切也都能知道。我一直待在诗神宫祇的前厅。”

“那您到底看到什么了？是不是有远古的神祇从前厅走过？是否有古代的英雄在那儿激战比武？”

“我跟您说，我当时就在那里，所以您一定要相信，我看到了那里所发生的一切。如果您去过那里，它不会让您成为另一个人，但它却让我成为了一个人。同时，我还学会了如何了解自己内在的本质和天性，我明白了我与诗神之间的关系。是的，当我与您在一起的时候，我并没有想过这些事情。但您一定记得每当日出和日落时，我变得有多么高大。月色之下的我，看上去比您本人更加真实。那时的我，并不了解自己。但是那天站在那间屋子的前厅，我突然领悟到了我内在的本质和自我。我其实是一个人！我完完全全变成了一个人。但您却已经离开那个炎热的国度了。成为了一个人类的我，羞于以当时的面貌见人，因为我既没有衣服，也没有鞋，没有一个人类应有的各种外在修饰。

“于是我躲了起来——这是个秘密，您千万别把这个写进您的书里。我跑到一位卖蛋糕的女士裙子底下，躲藏起来。这位女士完全不知道我一直躲在她的裙子底下。直到晚上，我才敢偷偷跑出来。我在月色朦胧的街道上奔跑，我倚着墙壁伸展我的身躯，后背摩擦着墙壁，这样的感觉真是太舒服了。我在街道上跑来跑去，纵身一跃，跳上最高楼层的窗户，进入别人的画室，进入别家的阁楼。我可以进入别人去不了的地方。我可以看到别人看不到，或者不应该看到的东西。总的来说，这是个污秽邪恶、卑劣肮脏的世界。如果不是这世界上还有美丽时髦的东西存在，我真不愿成为一个人类。我看到了男人和女人之间、父亲和母亲之间以及孩子之间最不可思议之事。我看见了人人都不知道，但人人都想知道的事情，那就是他们的隔壁邻居所做的龌龊之事。

“如果我把这些事情写下来，在报纸上发表的话，一定会引起轰动，弄得尽人皆知的！但是我却没那么做，而是把这些写下来直接寄给相关的当事人。因此，我所到之处，都会引起巨大的恐慌。他们都惧怕我，同时也非常喜欢我。教授推选我成为教授，裁缝给我缝制新衣服——我的衣柜里的衣服几乎都满了。造币厂的厂长为我造钱；女人们称赞我相貌英俊；于是我就成了现在这样。现在我必须要向您告辞了。这是我的名片。我住在街上向阳的一面，通常下雨天都会在家。”说完，影子起身离开了。

“这真是太神奇了。”学者说。

岁月如梭，又是许多年过去了。影子又来拜访，“您向来可好？”他问。

“哎，”学者说，“我还在写关于真善美的故事，但是没人喜欢看这种书。我觉得很失望，内心深深地为此而感到难过。”

“但是我却不像您这样，”影子说，“我又长胖了，人就应该胖点儿。您不了解这个世界，所以您的身体才会变得如此糟糕。您应该去旅行。我今年夏天要去旅行散心。您要和我一起去吗？我很希望旅行时能有个同伴。您愿意做我的影子，与我如影随形吗？有您相伴，一定会很愉快。旅行的一切费用都由我来担负。”

“不，这有点儿太过了吧？”学者说。

“这要看您怎么看待这件事，”影子说，“旅行会对您有很大的好处。您愿意做我的影子吗？这次旅行不需要您花一分钱。”

“这有点儿太离谱了！”学者说。

“这个世界就是如此，”影子对他说，“而且还会这样继续下去。”说完，影子就转身走了。

学者的身体每况愈下，深受悲伤和烦忧的侵扰。他所说的那些真善美，对于大多数人来说，就是对牛弹琴，白费力气。终于，他病倒了。

“你看起来真像个影子一样。”人们对他说。他一想起这句话，就觉得心惊胆战。

“你应该去泡温泉疗养，”影子又一次来见他时说，“不要犹豫了。咱们是老交情了，我带您去吧。一切费用由我来出。途中您可以写一些旅行见闻，同时也可以说说笑话，逗我开心。反正我也要到温泉去一趟，因为我的胡子不怎么长了，这也是一种病症，毕竟男人不能没有胡子。所以请您好好想一想，接受我的提议。我们可以像朋友一样结伴去旅行！”

于是二人结伴去旅行了。影子成了主人，而主人却成了影子。他们一起驾车，一起骑马，一起步行，依照太阳照射的角度和位置，两个人有时并肩而走，有时一前一后。影子总是时刻留意，显出主人的地位和身份，摆出主人的架子，但学者却不怎么在意，因为他有一颗善良而纯洁的心，而且也是个非常和蔼亲切、温和友善的人。

一天，他对影子说：“既然我们现在结伴而行，而且我们相识已久，咱们能像好伙伴一样，叫彼此的名字吗？这样显得更亲切。”

“您说得太对了！”影子说。他现在成了真正的主人，“您说的话特别真诚而友好。我也应该对您表示真诚和友好。作为一位学者，您深知人性有多么古怪。有些人看见白纸有些发灰，就觉得讨厌，连碰都不碰一下。有些人一听到钉子划玻璃的声音，就吓得哆嗦。对我来说，我一听到您叫我的名字，我就觉得浑身不舒服。我觉得自己就像被人踩在地上一样，如同当初做您的影子，被人踩在脚下。请你能够谅解。这并不是因为我高傲自大，而是有些敏感。咱们可以折中一下，我不能让您叫我的名字，但我很愿意叫您的名字。”于是，自此之后，影子就直接称呼他原先主人的名字了。

这也太过分了，学者心想，我必须尊称他的姓，而他却直呼我的名字！但他没有办法，只好忍气吞声。

最终，他们来到了温泉。在众人之中，有一位美丽的公主。但她得了一种怪病，她的那双眼睛十分锐利，一切东西都能看得十分透彻清楚，这让她感到十分苦恼。比如说，她立刻看到在众人之中，有一个新来的人，跟其他人都不一样。

“大家都说这个人是来此治疗胡子的，要让胡子尽快长出来。但我却能看出他来此的真正原因。他投射不出影子来。”

她突然对这个人心生好奇。于是她站起身来，直接走向这个陌生人。作为国王的女儿，她无需讲究什么礼节和客套，于是她直接对陌生人说：“你的毛病是投射不出影子。”

“尊敬的公主殿下，您的身体看来已经好多了，”影子说，“我知道您的病症是看事情过于清楚，但是您的病情正在好转。碰巧，我正好有个极不寻常的影子。您没看到那个一直跟随我的人吗？别人的影子都很普通，但我却从不把普通的东西看在眼里。有人不喜欢把上好的料子留给自己，反倒送给仆人做衣服穿。我也同样如此。我把我的影子打扮得像个真正的人类。实不相瞒，虽然花费是贵了点儿，但我就是喜欢与众不同。”

“哦，天啊！”公主心想，“我的病真的能治愈吗？这是世界上最好的温泉，最近，这里的水有突然有了一种神奇的治疗效果。我不想离开这里，因为我觉得这里变得越来越有意思。我开始喜欢上这个陌生人了。真希望他的胡子别长出来，因为如果他的胡子长好了的话，他就会离开这里了。”

当天晚上，公主和影子在一个豪华的舞会上一起跳舞。公主的体态轻盈，但影子的身体比公主还轻。她从来没和这样的舞伴一起跳过舞。她告诉影子她来自哪个国家，影子对她所在的国家知道得一清二楚。他曾经去过那里，但那时公主并不在国内。他曾经去过那里每一栋建筑的窗户，不管是高层的窗户，还是低层的窗户，他都去过。他透过各个窗户看到过很多东西。所以他可以自如地回答公主提出的问题，告诉她很多令她震惊的事情。公主深信他绝对是世界上最聪明睿智的人。他渊博的学识给公主留下了深刻的印象，翩翩起舞中的公主深深爱上了这个人。影子也看出来了，因为公主的眼睛一直在深情地凝视着他。他们又跳了一支舞，公主几乎要忍不住向他表达爱意，但她不能操之过急。她必须考虑她的国家，她将来的王位，以及将来要统治的许许多多百姓。

“他是个聪明人，”她对自己说，“这一点非常好。他舞跳得也很出色，这一点也很好。但他的学识是不是那么渊博呢？这一点很重要，所以我要考察一下。”

于是公主故意问他一些更难的问题，有些问题连她自己也答不上来。影子被这些难题问倒了，支支吾吾，非常窘迫。

“你回答不出来吗？”公主问。

“我小时候就知道了，”影子说，“而且我相信，连我那个站在门口的影子都能回答出来。”

“你的影子！”公主说，“那可真是太神奇了！”

“我不敢说他绝对能答上来，”影子说，“但我相信他应该知道答案。因为这么多年来，他一直跟着我，在我身边，听我说话。是的，我相信他能答上来。不过公主殿下，请允许我事先提醒您一下，他一直认为自己是个人类，而且非常以此为豪。所以如果想让他心甘情愿回答您的问题，就必须把他当作一个真正的人类来对待。”

“我明白了！”公主说。

于是公主走到站在门口的学者跟前，跟他探讨问题，他们一起谈论太阳和月亮，谈论人的内在和外表。所有问题学者都回答得正确而透彻。

“连影子都这么聪明，那么主人也肯定很了不起！”公主心想，“如果选他做我的丈夫，那么对我的国家和人民来说，是上天赐予的幸事。他就是我选定的丈夫！”

于是公主和影子互通心意，彼此心照不宣。但是直到她回到自己的王国，才会对外宣布，在此之前谁也不知道这件事。

“不要告诉任何人，甚至包括我的影子！”影子说，他说他有私人的理由。

最终，他们来到了公主所统治的国家。

“听着，我的好朋友，”影子对学者说，“一个人所能拥有的幸福和权力我现在都有了，所以我要特别为你做些事情。你将永远跟我一起生活在我的宫殿里，跟我一起同乘皇家御用马车，每年能领十万块钱的俸禄。然而，你必须被人称作影子。你永远不准说你是个人。一年一度的国庆典礼上，我将会坐在阳光照耀的阳台上，接受人民的欢呼，那时你必须作为影子，乖乖地趴在我的脚下。因为我要告诉你一件事，我要跟公主结婚了。婚礼将在今晚举行。”

“不，这太过分了，”学者说，“我不能接受。我绝不会干这样的事。这简直就是愚弄整个国家和人民，更是对公主的欺骗。我要把这一切都告诉他们——我才是人，而你只是个打扮得像个人的影子。”

“没人会相信你的，”影子说，“你最好放聪明点儿，不然我就叫警卫来了。”

“我直接去告诉公主！”学者说。

“但是我会比你先去，”影子说，“你将被抓进监牢。”

事实的确如此，警卫服从影子的命令，因为他们知道影子即将与公主成婚。

“你怎么在发抖，”影子走进房间时，公主说，“发生什么事了？你今晚可不能生病，因为我们就要结婚了。”

“我遇到了一件世上最骇人听闻的事情，”影子说，“你能想象到吗？当然，一个下贱的影子不值得高贵的公主费心。但是请您想象一下！我的影子疯了。他把自己当成人，而且——真不敢想象，他认为我是他的影子！”

“太可怕了！”公主说，“但愿他已经被关起来了。”

“当然。不过恐怕他再也恢复不了理智了。”

“可怜的影子，”公主说，“他一定很难过吧。让他从渺小的生命中解脱出来，我想也是一种善行吧。”

“这对我来说，很难下手。”影子假装无奈地叹了口气说。

“你真是个品质高尚的人。”公主说。

当天晚上，整个城市张灯结彩，灯火辉煌，礼炮齐鸣，士兵们举枪致敬。公主的大婚典礼正在举行！公主和影子走上阳台，一次又一次接受百姓的欢呼。

这热闹非凡的景象，学者却再也听不见也看不到了，因为他已经被处决了。

黑猫

文 / 埃德加·爱伦·坡［美］

译 / 许言

听说你们都觉得我写的故事很吓人。不，不是故事，它们都是真的。

埃德加·爱伦·坡

美国诗人、小说家和文学评论家，美国浪漫主义思潮时期的重要成员。
代表作有小说《黑猫》《厄舍府的倒塌》，诗《乌鸦》《安娜贝尔·丽》。

明天我就要死了，今天我要卸下灵魂上的负担。

我将要写下的事，很是怪诞，又很是平常，我不盼着也不求着有人相信。连我自己感官都拒绝接受的事，若是盼着别人相信，那我真的是疯了。但是，我没有发疯，也确定自己不是在做梦。

我自幼性情温顺。也因为心软，我和同伴们格格不入，成了他们的笑柄。

我特别喜欢小动物，父母宠我，给我养了很多宠物，各种各样的都有。我大多时间都花在了宠物身上，喂喂它们，摸摸它们，我就开心得不得了。正是这种癖好，伴随着我不断长大，在我成年后仍是我主要的快乐源泉。

我很早就结了婚，很幸运的是妻子与我性情相近。她见我对家里的宠物疼爱有加，便不会放过任何机会，一见惹人喜爱的宠物就弄回家养。我们养了几只鸟、几条金鱼、一条好狗、几只兔子、一只小猴子，还有一只猫。

这猫个头大，极为漂亮，全身上下都是黑的，还聪明得吓人。

这猫的名字叫普鲁托[①]，是我最心爱的宠物和玩伴，我都是单独喂它。在家里我走到哪里它就跟到哪里，出门要让它不跟上街都有些困难呢。

我们就这样相亲相爱了好多年，可在接下来的日子里我由于酗酒成性，虽然羞于承认，但我的脾气个性彻底变了，变得越来越坏。一天天地，我变得越来越喜怒无常，越来越容易动怒，越来越不顾及别人。我对妻子口出污秽，说完心里又懊悔。可发展到最后，我甚至对她动了手。

当然，我的宠物也都感觉到了我脾气在变坏。若是对它们不闻不问倒还好，可我还会虐待它们。只要它们出现在我面前，或是想讨我喜欢，我都会让它们吃些苦头，没有一点点的犹豫。但是对于普鲁托，我总会多加留意，避免自己的脾气撒到它头上。

唉，可这世上哪有像酗酒这般厉害的疾病！我病情日益加重了，有时候脾气也差。最后，就连普鲁托都开始受我这暴脾气了。

这天晚上，我从城里一家常去的酒馆回来，喝得烂醉如泥。看到普鲁托后，我过去一把逮住它，谁知我的暴力吓到了普鲁托，它在我的手上咬了一小口。一瞬间，暴怒的魔鬼附上了我身体，我顿时失去了理智。在酒精长期的作祟下，魔鬼终是迷了我的心窍。我从背心口袋里掏出一把小刀打开，用手掐住这可怜家伙的脖子，把它的一只眼睛从眼窝里慢慢地剜了下来。

哪怕现在只是记下这些该死的罪行，我都还感到羞愧，感到煎熬，不住地发抖。

等到第二天早上，我从昨夜浑浊的酒气中醒来恢复了理智。我心里又是恐惧，又是内疚，但最多也只是一种隐隐约约的负罪

---

①注：普鲁托（Pluto），罗马神话中掌管冥界的神明。

感，我的灵魂并没有受什么大的影响。我继续放纵，沉溺在酒精中，很快把那晚的所作所为抛在了脑后。

与此同时，普鲁托的伤在渐渐恢复。被剜过的眼窝，说真的，看上去特别吓人，但是它似乎不再痛了。

它还像以前那样，在屋子里到处游荡，但是只要我一靠近，它就立刻吓得躲远。我心里还念着旧情，起初很是难过，这猫曾是多么爱我，现在我却明显感到了它的厌恶。接着，我的难过成了恼怒。再后来，我无可避免地堕落到了最后一步——产生了一种邪念。

这种邪念，哲学上少有提及。人之所以为人，正是这种难以根除、感情在起作用。灵魂总是有一种自寻烦恼的渴望，这种渴望实在是令人费解，人敢于违背善良的天性，只是为了作恶而作恶——我不打算回头了。

终于，这只无辜的畜生遭受了我最后也最毒的伤害。

一天早上，我神志清醒，用一个绳套勒住它的脖子，把它吊在了树干上，吊死了它。

就在犯下残忍罪行的这天夜里，我从睡梦中惊起，那是一阵救火的呼喊声。我的床帘子着火了，整间屋子已是一片火海。我和妻子还有一位佣人好不容易才从火场中脱险。

屋子被烧得一干二净。我的家当也都烧了个精光，自此，我越发自暴自弃起来。

我还不至于心虚到，会觉得这场离奇的火灾是某种报应。我只是想把一连串事件的每个细节讲清楚，不想漏掉任何关联的可能性。

就在火灾后的第二天，我去看过废墟现场，除了一面墙外其他的都塌了。那面没倒的墙是一面隔墙，并不结实，估摸之前是在屋子中央的位置，就靠着我的床头。灰泥墙面的情况完好，挨过了火烧，我说服自己应该只是最近才上过灰泥的缘故。那墙前挤着一大群人，很多人似乎在仔细检查墙上某个特定的位置，极力想要看出点什么名堂。人群中还传来“真怪”“不得了”之类的议论声，这勾起了我的好奇心。我走过去一看，在白色的墙面上，有一个巨大的阴影，形状像猫，感觉是刻上去的浮雕一样，勾勒得非常逼真。在猫的脖子部位，还可以看到像一根绳子的形状。

当我一眼认出这鬼东西，我的迷惑和恐惧达到了顶点。但是稍作细想，我还是设法加以解释：猫被吊死的那个院子就在屋子旁边，当时听到救火声的人群一下子挤满花园，肯定是其中有人乘机切断绳子，把猫的尸体从树上弄下来，通过开着的窗户扔进了我的房间，可能是想借此叫醒熟睡的我。其他墙倒下的时候，顺带把我暴行的受害者压在了墙上，墙上的灰泥又是新上的，灰泥里的石灰遇火受热，与尸体里的氨水发生作用，最终形成了我看到的一块阴影。

尽管我的理智很轻易地接受这一推论，但是我的良心还是不安，这一怪事的细节给我留下了深刻印象，加重了我的胡思乱想。几个月来，这个阴影在我心头徘徊不去，我感到了一种若有似无的自责。可一想到这猫没了，我心里还是难受，只好出入各类下等的酒馆，寻思着再找一只黑猫，长得和它一个模样的，来填补普鲁托的空位。

一天晚上，我正坐在一个名声极差的酒馆里，喝得醉醺醺的。突然，我注意到了一个黑色的东西，就在某个琴酒或是朗姆酒的大酒桶顶上。这堆酒桶算是酒馆最显眼的摆设了，我盯着桶顶看了几分钟，疑惑着自己先前怎么没注意到。我走过去，用手摸了摸，竟是一只黑猫，它的个头很大，简直和普鲁托一般大，模样看着也很像，除了有一点细微的不同：普鲁托浑身上下没有一处白毛，但是这只猫胸口长着一撮白色的毛发，很大一片，但没有什么固定的形状。

一见我用手摸它，它突然起身，叫得咕噜咕噜响，还蹭我的手，似乎很高兴我注意到了它。

这就是我一直寻思着要找的猫。我立刻让店老板开个价，但是老板却说这猫不是他的，他也不认得这猫，先前更是见也没见过。

我对这猫爱不释手，等我准备回家的时候，它表现出要和我一起走的意思。我默许了；走在路上的时候，我不时会弯下身子拍拍它。等它进了屋，马上就和进了自己家一样自在，也很快讨得了我妻子的欢心。

事与愿违，我很快讨厌起这只猫来，但是我也不知这种厌恶从何而来，又是怎么来的。它对我的过分亲昵，让我感到心烦和恶心。渐渐地，恶心和心烦又变成了充满痛苦的恨意，我尽量避着这东西。我想要对它下手，可是一想起过去的暴行，我就会羞愧地放下这念头。确实放下了，几个礼拜下来，我没有打它，也没有虐待它。但是慢慢地，我开始看到它就恶心得受不了，只要那讨厌的家伙一出现，我二话不说跑得远远的，就像躲着瘟神一样躲着它。

让我厌恶加剧的另一个原因，是在我带它回家的第二天早上，我就发现它的一只眼睛也被挖掉了，就和普鲁托那样。但是，我妻子反而更加疼爱这猫。正如我前面提到的，我的妻子是一个极度心软善良的人，把宠物当做最简单纯粹的快乐之源，虽然我也曾是这样。

我对这猫越是讨厌，它似乎就对我越是亲昵。

我的脚走去哪儿，它就跟到哪儿，那种甩也甩不掉的滋味，你们应该很难体会。我只要一坐下，它就蜷在我椅子底下，要么就跳上我的膝盖，对着我一阵亲热，真是叫人恶心。如果我起身要走，它就会在我两腿间转啊转，几次差点把我绊倒。或者，它会用长长的利爪抓着我的衣服，一路这样爬上来，一直爬到我胸口。每到这种关头，我都恨不得一拳打死它，却总是克制再克制，一部分是顾及过去的罪孽，但是主要原因还是，我实在是怕极了这畜生。

我不是怕这邪恶的肉身，可若让我说出个所以然来，我又没一点头绪了。我没脸说，是的，即便到了现在，坐在这死刑犯的牢房里，我还是没脸说。是这个畜生唤起了我心底的恐惧不安，而这仅仅只是灾祸的开端，我若能早些察觉就好了。我的妻子不止一次提醒我，让我注意这只猫胸口的白毛。我刚才讲到，这只怪猫和我动手杀死的那只之间唯一能看出的区别，就是胸口那一块白毛。你们应该也还记得，这撮毛发尽管长了很大一片，却没有固定形状。然而，渐渐地，以一种难以察觉的速度，这块白色最终有了一个清晰的轮廓。这轮廓看上去就像一个可怕的、令人毛骨悚然的绞刑架！一个启动了恐怖和罪恶、死亡与痛苦的绞刑架。

这下可好，我的的确确成了个可怜鬼，简直愧为人类！它只不过是一只畜生，一只野蛮的畜生，对付它的同类我曾毫不手软，可它却能够叫我狼狈不堪——我可是人类，以上帝形象创造的高贵人类啊，竟然被它逼成了这副德行！哎哟！无论白天还是黑夜，我都在拼命乞求，求它能够放过我！可是白天的时候，它四处缠我，我从未有过片刻的独处；而到了黑夜，我从最恐怖的噩梦中醒来，每次都能看到这东西近在眼前，对着我的脸吐着热气，它那沉重的身躯，就像一个噩梦有了实体，我根本使不上一点力气来摇走它——这重量长长久久压在我心头上！

一天，为了一点家务活，妻子陪我到了新家的地下室。说是新家，其实是一栋老房子，我们身上的家当也只够住这种地方。

猫也跟着我下了地下室的楼梯，楼梯有点陡，它险些又要绊倒我，我气得快疯了。我举起一把斧头对着这畜生，准备一下子劈下去，盼着给它个痛快，全然忘记了先前是有多怕。但是我的妻子用手拦住了我。她这一阻拦，我就更不快活了，怒火涌上脑门，我挣开她的手，把斧头砍向了她的脑袋。她都没来得及叫上一声，当场倒地身亡。

可怕的谋杀已经犯下，怎么处理尸体成了问题，我拼命思考。我知道，直接把尸体拖出房子不现实，不论白天还是晚上，都有被邻居看见的风险。一个个方案纷纷浮现于我的脑海：我考虑过分尸，想把尸体分成小块，然后一点点扔进火里烧掉；我也考虑过埋尸，就在地下室的地上挖一个坑；我考虑过将尸体扔到院子里的井底下，也考虑过把尸体装进箱子，和寻常物件一样叫个搬运工来运走。

最后我灵光一现，想出了一个绝佳的万全之策。我决定把尸体封进地下室的墙里，中世纪的僧侣就是用这种手法藏尸的。

地下室作为藏尸地点再合适不过。地下室的墙结构不太结实，最近刚刚用灰泥草草地粉刷过，由于环境潮湿还没有变硬结块。更妙的是，其中一面墙有一块突出的地方，原本应该是用来装烟囱或者壁炉的，现在却用砖头填起来了，和周围的墙面没什么不同。我敢肯定，我可以轻易地移开这些砖头，把尸体塞进里面，再把墙重新砌起来，就和之前一样，绝没有人能察觉出异样。

这一番深思熟虑是值得的。我用撬棍轻易地拆下砖块。然后，我小心地将尸体靠着内墙塞进去，让尸体保持站立姿势的同时，我又照着原来的样子把墙砌了回去。细心搜集了灰泥、沙子和毛发，调制出了原本一样的灰泥，小心翼翼地重新涂补新墙。

大功告成后，我感到非常满意。这面墙完全看不出有动过手脚的痕迹。地上剩余的垃圾也被我仔仔细细地清理完毕。我环顾四周，得意洋洋地对自己说：“至少没有白费功夫。”

我下一步就是要找出那只罪魁祸首，这回我是铁了心非弄死它不可。让我瞧见它那一刻，毫无疑问便是它的死期。可这畜生狡猾得很，似乎先前目睹了我气头上的暴行，已经有了警惕，以免暴露在我面前遭了秧，要知道，我可是杀红了眼。没见着这该死的猫，我心情愉快得不得了，心头的石头重重落地，这种感觉我很难描述给你们听，你们也很难想象出来。

它一整晚都没有出现，自从它进了这家，我还是头一次睡得这么香，睡得这么死。没错，即便不久前我才刚刚犯下了一场谋杀大罪！

第二天过去了，第三天过去了，灾星还是没有出现。

我又一次恢复了自由身。想必这怪物是怕得逃走了，永远离开了这屋子！我再也不用看到它了！我真的太高兴了！我一点也没把自己之前的所作所为放在心上。

警察确实有来问过话，但是我应答自如。他们也搜查了屋子，结果当然是一无所获。这下我可算是高枕无忧了。

就在我行凶后的第四天，一队警察突然闯进屋子，要对整栋屋子彻彻底底地搜查一番。不过，我对自己藏尸的地点非常有信心，没表现出为难的意思。警官们让我陪同他们搜查。他们没有放过任何一个角落。最后，他们又回到了地下室，也记不清是第三次还是第四次了，可我依旧不为所动，连心都跳得特别平静，就像一个不亏心的人睡觉时那样平静。

我从地下室的一边走到另一边，双手抱在胸前，来来回回地走着。警察这回彻底死心了，准备收工。我忍不住幸灾乐祸，非常想说句话，来表达一下胜利的喜悦，也好让他们完全打消疑虑。

“先生们，”他们一边走上楼梯，我一边开口说道，“我很高兴能打消你们的怀疑。我祝各位身体健康，万事如意。顺便一提，先生们，这屋子盖得特别结实。”（我太想把话圆回来了，简直昏了头，自己都不知道自己在讲些什么）——“必须要说，真的是盖得很结实。这些墙啊——先生，你们这是要走了吗？这些墙可都是实心的。”就在这时，我虚张声势地想强调一下，特意握住手中的手杖重重地对着墙敲了一下，墙这个位置后面藏着的，正是我结发之妻的尸体。

上天啊，保佑我，救我脱离魔鬼的獠牙吧！我敲墙的余音刚落，墙壁里竟然传出了声音回应我——是哭叫声，起初听来模模糊糊、断断续续的，像是孩子在哭。很快这叫声越来越大，越来越响，一直叫个不停。

叫声太过诡异，根本不是人类发出的，这是一种欢叫，在耀武扬威；这是一种悲鸣，充满着恐惧。这叫声简直是从地狱升上来的，是那些恶魔在施加折磨时的欢笑，是那些饱受折磨的罪人在惨叫，是这两种声音混合一齐发出的叫声！

现在想来，我对警察说的那一番话真的愚蠢至极。

可当时我几近晕厥，只顾着跌跌撞撞地逃去对面墙边。有那么一刻，整个警察队的人都站在楼梯上，感到了畏惧，一动也不动。很快他们反应过来，一群人七手八脚地开始拆墙。墙整个倒下了。出现在他们眼前的，是一具直立在墙内的尸体，已经腐烂严重，身上的血污凝结成块。而在尸体的头上，坐着那只可怕的黑猫，它张开血盆大口，独眼亮如烈火。

它先是暗中捣鬼，诱使我杀了人，现在又来通风报信，要将我交给刽子手。

原来我把它也给砌到墙里去了！

灵魂曝光

文 / 马克·吐温［美］

译 / 王梓涵

绝不要和愚蠢的人争论，他们会把你拖到他们那样的水平，然后回击你。

马克·吐温

美国作家、演说家。
代表作品有小说《百万英镑》《哈克贝利·费恩历险记》《汤姆·索亚历险记》等。

在晚上十点左右的哈德莱堡，一位年轻人坐着一辆马车来到银行老出纳员理查兹先生的家。他从马车里拖出了一个麻袋，然后扛着袋子，蹒跚地穿过房子的院子，来到门前敲门。

一个女人的声音传来："请进。"于是他走进屋子，把麻袋放在客厅的炉子后面。一位上了年纪的女士正坐在灯下看《传教士先驱报》，外来人彬彬有礼地对这位女士说："请不要站起身，夫人，我不会打扰您的。这个袋子被密封得很好，没人能知道里面装的是什么。请问，我能跟您的丈夫见一面吗，夫人？"

"对不起，他去布里克斯顿了，可能得明天早上才能回来。"

"哦，没有关系，夫人。我只是想把这袋东西放在他这里看管，并希望他能把这袋东西交给理应拥有它的人，我今晚来这个镇子只是为了却我的一桩心愿。我该做的事情已经做完了，现在我要满心欢喜而且颇为自豪地离开了，今后您将不会再见到我。袋子上有一张字条，事情的原委都写在上面了。晚安，夫人。"

理查兹太太看着这个神秘的高大男人，感到有些害怕，当看到他走了之后，她终于放下心来。不过这个袋子却引起了她的好奇心，她径直朝袋子走去，并拿起了袋子上的字条。上面写着：

请以公示或私下调查的方法，找到当事人，这个麻袋里装着重达一百六十磅零四盎司的金币……

“哦，上帝啊，我的天，我还没锁门呢！”

理查兹太太立刻颤抖着飞奔到门口，把大门锁上，然后拉下所有的窗帘。等确定安全了之后，她又被自己的好奇心打败，坐在台灯下继续看那张字条：

我对美国这个国家充满感激，特别是一位来自哈德莱堡的人，感谢他在一两年前向还是赌徒的我伸出了援手。那晚，我来到这个镇子，又饥又渴，但是却身无分文。因为羞于在白天乞讨，所以我只能在黑夜中四处求救。于是我碰到了我的恩人，他给了我改变我一生二十美元。

借着这二十美元带来的好运，我在赌桌上发了大财。我至今仍不知道这位恩人是谁，但我想找到他，想用这袋金币来酬谢和报答他。这些钱他可以接受也可以拒绝，甚至可以把它扔掉，他怎样处理都行。因为这些钱只是为了表达我对这位恩人的不尽感激。如果我能继续留在这里的话，我会亲自去寻找他，但可惜我要回国了。

我相信这是一个以诚实而闻名的镇子，绝不会有腐朽堕落存在，所以我可以完全放心，把这件事托付给你们。只要他能说出他曾经对我说过的话，那就能证明他就是我的恩人。我相信他一定还记得对我说的那番话。

如果您倾向于私下进行调查，那么尽管放手去做。您可以将这封信的内容告诉有可能是我恩人的人。打开那个麻袋，您会看到袋子里有一封密封好了的信，信里写着他对我说的那番话的内容。如果那个人所说的话与信的内容一致，那么就无需置疑，把这袋钱给他，因为他就是我的恩人。

但如果您要公开进行调查的话，那就把这封信刊登在当地的报纸上，并附上如下说明：从登报之日起三十天之后的星期五晚上八点，请申请人到镇公所，将他当年对我说的话写下来，并且密封好，交给伯吉斯牧师。最后请牧师当场把信封拆开，并当众宣读，核实信中内容是否与麻袋中的信相符。如果内容相符，那么证明他就是我的恩人，到时就请把这袋钱交给我的恩人，并替我送上真切的诚意和感谢。

理查兹太太呆坐在沙发上，身子因为兴奋激动而微微颤抖："没想到世上竟然有这么离奇的事！那个好心人真是走运，只不过蜻蜓点水般地施舍了些小钱，就得到了那么大的回报！这事要是我丈夫做的就好了！因为我们太穷了，两个又老又穷的可怜人！"她叹了口气。

晚上十一点钟，理查兹先生回来了，他的妻子一看见他，就惊喜地说："太好了，你终于回来了！"于是他的妻子把这个天大的秘密告诉了他。他愣了好一会儿，缓过神来，才开口说："一百六十磅的金币？这相当于四万美元了，这可是一笔巨款啊！拥有这么多财富的人，整个镇上也数不出十个。把那张字条拿来给我看看。"

他快速扫了一遍字条上的内容，然后说："这真是一件奇事！没有一个陌生人敢把这种事完全托付给一个镇子自己去调查，除了咱们哈德莱堡镇。这对咱们来说，是个极大的荣誉。我必须得去一趟报馆，不然明天就来不及见报了。"

理查兹先生风风火火地走了。因为他的家离报馆很近，所以过了不一会儿，他就来到报馆见到了主编，同时也是报馆的老板考克斯。理查兹把那封信交给他，说："这对你的报馆来说，可是个大新闻，把它登出去吧，考克斯。"

“恐怕太晚来不及了，理查兹先生，不过我会先看一下的。”

理查兹先生又回到了家，他和他的妻子坐在沙发上，谈论着这件奇事。此刻，他们都睡意全无。他们首先想到的一个问题是，镇上谁有可能给一个陌生人二十美元呢？答案似乎很简单，而且显而易见，两个人几乎异口同声的地说：“巴克莱·古德森。”

“没错，”理查兹说，“肯定是他，像是他的作风，镇里除了他，没有别人会这么做。”

“人人都会认同是他做的，爱德华，不过自从他去世，到现在已经六个月了吧。爱德华，为什么那个陌生人非要指定伯吉斯来发这笔钱呢？你不觉得奇怪吗？”

与此同时，他的妻子也一声不吭地想着心事，而且神色焦虑。最终，理查兹站拿定了主意，他戴上帽子，大步流星地走出了大门。他的妻子还在皱着眉头想心事，完全没意识到房子里只剩下她一个人了。她时不时地喃喃自语：“上帝啊，不要让我们陷入诱惑。”

她把灯光调暗了一些，然后蹑手蹑脚地溜到那个袋子旁，跪在跟前，两只手摸着袋子凸起的边边角角，轻轻地爱抚着。年迈昏花的一双眼睛里闪出一丝贪婪的目光。她仿佛就像迷了心窍一样，时而会半清半醒，喃喃自语说：“要是能等一等就好了！哎，要是再等一等，别那么着急就好了！”

此时，考克斯也离开报馆回到了家中。他把这件离奇之事一五一十地告诉了自己的妻子。他们迫不及待地讨论了一番，并且猜测那个人就是已故的古德森，因为他是镇上唯一一个会慷慨解囊，拿出二十块钱来救助一个落魄陌生人的人。想到这里，他们两人突然停住了，都沉默不言，若有所思，而且越想心里越不安，越想越心烦意乱。最后，考克斯的妻子开口了，更像是在自言自语：“没人知道这个秘密，除了理查兹夫妇，还有咱们俩，没有别人了。”

考克斯听到这话，心里突然触动了一下，从沉思中缓过神来，若有所思地望着脸色苍白的妻子，然后他踌躇地站起身，偷偷地瞄了一眼帽子，又看了一眼自己的妻子，像是一种无声的询问。考克斯太太两次三番地欲言又止，最后，她一手捂着胸口，一句话不说，只是点了点头。随即，考克斯先生走出门。

此时，理查兹和考克斯两人都步履匆匆，穿过寂静无人的街道，迎头走来。两个人气喘吁吁地在印刷厂楼梯口碰了面，夜色中，两个人互相打量着对方的脸色。考克斯轻声耳语："除了咱们，没人知道这件事吧？"

理查兹同样轻声回答："没人知道，我发誓，没人知道！"

"要是还来得及。"两个人开始往楼上走，就在这时，一个小伙子赶了上来，考克斯问道："约翰尼，是你吗？"

"是的，先生。"

"先别发出早报——什么也别发，等我通知你再发。"

"已经发走了，先生。"

"发走了？"声音里透着难以言状的失望。

"是的，先生。从今天起，到布里克斯顿以及所有附近城镇的班车都改点了，先生，所以，报纸要比平时早二十分钟发出。我抓紧时间，紧赶慢赶，这才赶上班车，要是再晚两分钟的话，就——"

俩人没等他说完，就转过头，慢慢走开了。两个人都沉默不语，过了十分钟，考克斯才气哼哼地说："我就不明白了，你这么着急干嘛，赶个什么劲儿啊。"

理查兹心虚地答道："我知道了，可是我当时也没多想，等醒过来的时候，已经太晚了。"

"这种事一千年也出现不了第二次。"

于是，这对朋友没互道晚安就各自分开，步履沉重地往家走去，垂头丧气，就像霜打的茄子一样。各自回到家之后，他们的妻子都激动地冲上来，急急忙忙地问道："怎么样？"看到他们的神色，妻子们就知道了答案，两家人随即都发生了激烈的争吵，这可是件新鲜事。以前他们也拌过嘴，但从来没有像这次这么激烈、这么粗暴。两家人争吵的内容也一模一样，就像一个模子刻出来似的。理查兹太太说："你应该停下来冷静想一想，可是你却没有，非要马不停蹄地直奔报馆的印刷厂，非要把这件事抖出去，要让全天下的人都知道。"

"可那信上说了要发表啊。"

"说了又怎么样。那上面还说，可以私下调查呢，随你的便，想怎么样都行。喏，你看，我说没错吧？"

"是的，没错。不过我当时就想着这事一传出去，就会引起极大的轰动，一个外来人这么信得过咱们哈德莱堡，这是多大的荣耀啊，所以我——"

"当然，这我都明白。但你要是停下来琢磨琢磨，你就会想到你根本找不到应该拿到这笔钱的人，因为那个人早就入土了，而且也没留下一儿半女，连个亲戚都没有。这么一来，要是这笔钱归了某个急需用钱的人，对谁都没有影响啊。再说，再说……"她一时心急，说不下去，突然哭了起来。

她的丈夫想说些什么安慰她，可脱口而出的却是这样的话："但不管怎么说，玛丽，这肯定是最好的办法，绝对是，咱们心里都清楚。再说，咱得明白，这都是命啊。"

"命！哼，当一个人做了蠢事，就会找借口，说什么一切都是命。那同样的道理，这笔钱突然就找上门来给咱们了，这不也是命吗？本来老天爷已经安排好的事，你非得插一杠子，把它搅黄了，谁给你这个权力啦？简直是瞎折腾，这就叫天堂有路你不走，看你以后怎么再装老好人。”

“可是，玛丽，你也知道，咱们从小到大受的都是什么教育，整个村子的人都是接受这种教育长大的，只要是诚实的事就要老老实实地去做，别的想都不要想，这几乎已经成了咱们的第二天性。”

“哎呀，我知道，从摇篮里就开始教，要我们以诚实为盾牌，抵御一切的诱惑。但这种诚实全是假的，一旦诱惑来了，诚实的盾牌就会变得像纸一样薄，一捅就破了。今晚咱们不就瞧见了吗？上帝可以证明，我一直深信自己的诚实固若磐石、坚不可摧，从来没有过一丝一毫的怀疑，但是今天，当一个如此大的诱惑真正摆在面前的时候，爱德华，我敢说全镇的诚实都被这诱惑侵蚀了，就像我一样，也如同你一样，都堕落了。这个镇子，卑鄙、冷酷、吝啬，除了自负而吹嘘的所谓诚实以外，没有任何值得称道的美德可言。好了，这下我终于说出了心里话，感觉好受多了。我是个虚伪的骗子，一辈子骗了别人，也骗了自己。以后谁也别说我诚实了，因为以后我再也不会诚实了。”

“哎，玛丽，我跟你的想法一模一样，真的。我也觉得很奇怪，太奇怪了，好像我从来都不曾相信过所谓的诚实，从来都没有。”

接着是一阵漫长的沉默。两个人都陷入了沉思。最后，妻子抬起头来，说道：“我知道你在想什么，爱德华。”

理查兹就像被人抓住了什么把柄似的，面露窘色：“我真的羞于承认，玛丽，但是……”

“没事的，爱德华。我自己也在想着同样的问题。”

“真希望是这样，你说说看我在想什么。”

“你在想，如果有人猜得出古德森当年对那个陌生人说了什么话就好了。”

“一点儿没错。我觉得我有种罪恶感，很羞愧。你呢？”

“我已经翻过这一页了。咱们在这儿搭个床吧。咱们得好好守着这袋钱，等到明早银行金库开门，就把这袋钱运进去。要是咱们刚才没走错那一步，该多好啊！”

床搭好了之后，玛丽说：“那句神秘的话是什么呢？我真想知道古德森当时说了什么。不过，算了，来，咱们睡觉吧。”

“这就睡觉了？”

“不，想。”

“是啊，想想。”

此时，考克斯夫妇也吵完架，言归于好。他们同样也爬上了床，思来想去，辗转反侧，烦躁不安，琢磨着古德森对那个走投无路的落魄之人说了什么话。那可真是金口玉言啊，一句话就价值四万块钱，而且还是现款。

一觉醒来，哈德莱堡镇突然声名大噪，名扬天下。镇上的人们先是大吃一惊，继而欢欣鼓舞，之后洋洋自得。得意之色溢于言表。镇上十九位要人以及他们的夫人互相奔走相告，握手言欢，兴高采烈，相互道贺。

银行家平克顿向所有来访者展示装着金币的袋子，同时乐颠颠地搓着细皮嫩肉的手掌向人们宣扬这个镇子历史悠久的诚实美名，并称这个袋子就是最好的证明。他希望并且相信这个诚信的例证将会广为传播，传遍全美国，在重振世道，弘扬道德人心方面，起到划时代的作用，如此等等。

沸沸扬扬地热闹了一个星期，一切才平静下来。如痴如醉的骄傲和喜悦已经渐渐转化为轻柔、甜蜜而静默的欣悦——一种深沉、莫名且难以言状的满足。所有人的脸上都流露着平和而圣洁的幸福之色。

然而随后一切却发生了变化。这是一种渐进的变化，因为渐变的过程太过缓慢，以至于一开始很难察觉，也许大家完全没有察觉到，只有杰克·哈利迪除外，因为他总是能洞察一切，而且无论什么事情，总能从中找到乐子拿来取笑。他开始取笑说，大伙儿看起来已经不像一两天前那么高兴了。接着，他又说大伙儿开始越来越闷闷不乐了，后来，他又说大家现在都一脸愁容，如丧考妣。最后，他说人人都变得郁郁寡欢、心神不宁，像丢了魂似的，就算他把手伸进镇上最吝啬小气的人裤袋底部，掏出一分钱来，他也察觉不到，仍旧在琢磨心事。

此时，或者说在这段时间里，镇上的人们，特别是那十九户要人的一家之主，在临睡前都会叹口气，然后说出同样的一句话——“唉，古德森当时到底说了什么呢？”

于是男人的妻子立刻用颤抖的声音说：“哦，别说了！你心里怎么有这么可怕的念头呢？看在上帝的份上，快别瞎想了！”

但是第二天晚上，男人们又搬出了同样的问题，然后立即遭到同样的呵斥。但是呵斥的声音更小了一些。

第三天晚上，男人们又念叨起这个问题，声音里透着一丝愁苦和无奈。这一次——以及一整个晚上，妻子们开始略有些心烦意乱，似乎心里有话想说。但是最后也没说出口。

接下来的又一个晚上，她们终于鼓起勇气，给出了心中期盼已久的回应：“唉，咱们要是能猜出来该多好啊！”

日子一天天过去，哈利迪的挖苦话越来越讨人嫌。他不知疲惫地到处跑，嘲笑着整个镇子，有时讽刺某一个人，有时挖苦一群人。但镇子里却只有他一个人的笑声，剩下的是一片孤寂、空虚和悲凉。走到哪里，都看不到人们脸上的一丝笑容。

就这样，三个星期已经过去，只剩下一个星期了。如今，周末的晚上已经不再像往日那样热闹喧嚣，人们不再出来逛街购物，说说笑笑。街道上空空荡荡，冷冷清清。理查兹和他的老伴在小客厅里坐着，一个坐东边，一个坐西边，谁也不挨着谁，各自满怀心事，愁眉不展。这种情形已经成了他们晚间的惯例和常态。从前，他们遵循了一辈子的老习惯是看书、编织、聊天或者邻居之间互相走动。可现在全都成了历史，被忘却很长时间了，大概有两三个星期了吧。如今，没有人聊天，没有人看书，没有人串门，整个镇子的人都坐在家里唉声叹气，眉头深锁地发着呆。人人都在猜那句话是什么。

邮递员送来了一封信。理查兹无精打采地扫了一眼信封上的字和邮戳，都不太眼熟，于是他把信扔在了桌上，重新接上刚才被打断的思路，继续无望而苦恼地猜测那句神秘的话是什么。两三个小时后，他的妻子疲惫地站起身，没有道晚安就要上床去睡觉了，现在这也成了惯例，但她突然走到那封信旁，停下脚步，无力地看了一眼那封信，然后把信打开，从头到尾看了遍。理查兹正呆坐着，椅背靠着墙，下巴埋在两腿之间，突然听见什么东西倒地的声音。是她的妻子。他立刻跑过去搀扶，不料她却大叫起来："别管我，我太高兴了。看看这封信，快看啊！"

他把信拿过来看。他快速地看着那封信，就像要把信一下子吞下去似的，同时脑子在飞速地运转。那封信是从一个偏远的州寄来的，信里写道：

我和你素不相识，但是没关系，我有些事要告诉你。我刚从墨西哥回来，刚回来就听说了那件轰动一时的事情。那句话是古德森说的，我跟他很熟，许多年前就认识了。那天晚上我经过你们的镇子，到他家做客，直到半夜的时候火车来了，我才走的。

我听到他在黑暗中对那个陌生人说的话。我们是在黑尔巷遇到那个人的。回他家的路上，我和古德森一直在谈论这件事，后来到家的时候，我们也一边抽着烟一边说这件事。他在谈话中谈到了你们镇子里的很多人，他对大多数人的评价都不怎么样，贬得很厉害，但只有两三个人，他觉得还说得过去，你就是其中之一。我只是说“说得过去”，仅此而已。

我记得他当时说，他说你曾经帮过他一个大忙，也许你自己都不知道你帮了他多大的一个忙。他说他要是有钱的话，等他死了一定会把钱留给你，至于镇上的其他人，留给他们的只有一句诅咒。所以，如此说来，如果那个忙的确是你帮的，那么你就是他遗产的合法继承人，有权得到那袋金子。我知道我完全可以相信你的诚实和良知，因为哈德莱堡人的这种美德是世代相传、永不泯灭的。所以我要把古德森说的那句话告诉你，而且我对你非常放心，我相信即使你不是应得那笔钱的人，你也一定会找到他的，好让可怜的古德森因受人恩惠而亏欠的恩情能得以报答。那句话是这样说的：“你绝不是一个坏人，去吧，改过自新就好。”

——霍华德·L.史蒂文森

“我真是太高兴了，吻吻我，亲爱的，咱们好久都没亲吻过了。我们正需要这笔钱，终于可以摆脱平克顿，离开他的那个银行，再也不用给人当牛做马做苦工了。我高兴得简直快要飞起来了。”

夫妇俩靠在沙发上，过去的甜蜜时光又回来了。他们从恋爱的时候就如胶似漆，一辈子都恩恩爱爱，直到那个陌生人带来那个该死的钱袋之后，他们的幸福时光才被打断。过了一会儿，妻子说：“哦，爱德华，当初帮了他一个大忙，真是你的福分，可怜的古德森！我一直都不喜欢他，但现在我却爱死他了。你真是个大好人，心地善良，做了好事却从来没跟我说过，也从来都不吹嘘显摆，真了不起。”随后，她又小小地批评了一句，“可不过不管怎么样，你总该告诉我嘛，爱德华，我是你的妻子啊。”

“这个……呃，哎呀，玛丽，我不能说！”

“不能说？为什么不能说？”

“他，他让我发誓不说出去。”

妻子把他上下打量一番，然后语速很慢地说：“让你发誓？”

“玛丽，你认为我会撒谎吗？”

她有些困惑，默不作声，想了想，然后抚摸着她丈夫的手，说道：“咱们把话题扯远了，上帝啊，请宽恕我们吧！你这一辈子从来没有说过谎。可眼下，眼下咱们的信念似乎已经动摇，咱们……”她一时间说不出话来，然后断断续续地说，“上帝啊，请指引我们不要陷入诱惑……我相信你对他发过誓，爱德华。好了，咱们不说这件事了。咱们还是高兴起来，别自找麻烦了。”

爱德华发现，对于妻子说的话，他有点儿跟不上节奏，因为他一直在心猿意马地想寻思事情，他反复琢磨自己到底帮了古德森什么忙。

夫妻俩一整晚都没怎么合眼。玛丽正在计划怎么花这笔钱。而爱德华还在使劲儿回忆自己到底帮了什么忙。

但就在这个周六的晚上，邮递员给镇子上的其他几位要人家里都分别送去了一封信——总共十九封信。每个信封都不一样，信封上的笔迹也都各不相同，但是信的内容却都一模一样，分毫不差，只有一个细节除外。这些信跟理查兹收到的那封信如出一辙，笔迹以及一切内容，所有信的落款都是史蒂文森，只是信上所有理查兹的名字，都换成了其他相应收信人的名字。

整整一夜，那十八户要人都跟理查兹在同样的时间，做着同样的事，他们都在煞费苦心地回忆自己在无意中帮了巴克莱·古德森什么忙。无论对谁来说，这都不是件轻而易举的事，但他们却一个个全都做到了，所有人都成功地想起了当年的事情。

就在他们费心费神地回忆的时候，他们的妻子们却一整夜都在想着怎么花钱，这是最轻松不过的事情了。

第二天，杰克·哈利迪大吃一惊。他发现镇上十九位要人及其夫人们的脸上又重新展现出平和安详而又幸福的神情。他不仅难以理解，也想不出挖苦的话来扰乱他们的情绪和心情。于是现在轮到他对生活感到不满了。

他暗自猜测这些人重现快乐的原因，但想来想去，怎么也找不到合理的解释。

还有伯吉斯牧师，最近这段日子里，不管他去哪儿，总有人找他。只要他走到僻静的地方，这十九家人中，就肯定会有一家人出现，偷偷滴把一个信封塞到他的手里，然后小声对他耳语说："星期五晚上在镇公所拆开。"说完，就跟做贼似的，灰溜溜地跑了。伯吉斯牧师原本以为，到截止期为止，只会有一个人申领那个钱袋，但也不一定，因为古德森已经死了，但是他从来没想过，来申领的人竟然有一群人。

等到星期五这个众人期盼的日子到来之时，他发现自己已经收到了十九个信封。

镇公所从来没这么漂亮过。靠里侧的主席台后面挂上了鲜艳夺目的旗子，镇公所里挤满了人。四百一十二个座位，几乎座无虚席，过道里挤出来的六十八个加座也都坐满了。连台阶上也坐满了人，一些重要的来宾被安排在主席台就坐。主席台的前沿和两侧各有几张桌子，呈马蹄形依次摆放，就坐的都是来自全国各地的大批特派记者。镇公所里的人一个个衣冠楚楚，镇上的人全都穿上了自己最漂亮的衣服，这是镇里从来没有过的情形。

那袋金子就放在主席台前的一张小桌子上，全场的人都能看见。在场的大部分人都流露出热切的目光，眼巴巴地盯着它，个个垂涎欲滴。只有一小部分人，也就是那十九户人，目光温柔，充满爱怜，已经把它当作了囊中之物。而这个少数派中的男性，都在忙着一遍遍默念事先准备好的感言，准备在众人的欢呼与祝贺声中，发表激动人心的一番讲话。这几个男人时不时就会从马甲口袋里摸出字条来，偷偷看一眼，加深自己的记忆，把感言背熟。

现场一直回响着嗡嗡的交谈声，但是当伯吉斯牧师站起身，一只手按在钱袋上时，全场都安静下来。牧师首先讲述了一下这个钱袋离奇的来历，继而热情洋溢地介绍和赞誉了哈德莱堡久负盛名的诚实美名，他希望并且相信，哈德莱堡的美名会永远延续下去，成为拒绝金钱腐蚀的代名词。

“那么靠谁来守护这个至高无上的美名呢，靠整个镇子吗？不！守护哈德莱堡的名誉人人有责，不是靠镇子，而是靠镇上的每一个人。从今天起，每个人都要这个无上荣誉的守护者，每个人都要肩负起守护这个荣誉的责任，不允许任何人玷污和败坏这个镇子的名声。请问大家，请问你们每一个人，是否愿意承担这个重托呢？”

掌声雷动。

众人齐声赞同。

“很好，你们要把这个责任传给你们的后代，传给你们的子子孙孙。今天，你们的纯洁本性值得称道，但务必要将这纯洁永远保持下去。”

“一定会的，一定会的！”台下齐答道。

“我要说的话已经讲完了。朋友们，现在我手里拿着的，是一封来自外乡人的信件，也是对我们诚实美名的认可和表彰。通过他，从今以后，全世界将会知道我们是什么样的人。我们并不知道此人是谁，但我在此谨代表各位向他表示感谢，也请大家放声高呼，对此表示赞同。”

全场起立，发出雷鸣般的掌声，久久不息，以此来表达他们的谢意，热烈的掌声震得墙壁都在发颤。随后，大家落座，伯吉斯先生从口袋里拿出了一个信封。在场的人都屏住了呼吸，看着伯吉斯撕开信封，从里面抽出一张字条。他语速缓慢而声音洪亮地念出了字条上的内容——台下的人聚精会神地听着这神秘而又字字千金的“咒语”：“我对那位落难的外乡人说的话是：‘你绝对不是一个坏人，去吧，改过自新就好。’”伯吉斯念完后，继续说：“我们马上就能知道这句话跟麻袋里那封信上的内容是不是一致。如果一致的话，那么毫无疑问，这袋金币就将属于本镇的这位公民了。从今以后，他将被视为全国的道德楷模，使我们镇的美名享誉全国，这个人就是，比尔森先生！”

全场的人正憋足了劲儿，准备要爆发出狂风暴雨般的掌声和欢呼声时，突然一下子愣住了，就像中风瘫痪了似的，一动不动，静默了几秒钟之后，一阵阵窃窃私语之声在场内蔓延开来，大概的内容是：“比尔森！哦，别逗了，这太离谱了吧！拿出二十块钱给一个外乡人，比尔森？别说外乡人了，他给过别人钱吗？打死也不可能是他！鬼才信呢！”

这时，全场又因为出现了一件怪事，而瞬间安静了下来。在会场的一边，突然站起来一个人，此人正是比尔森执事，他微微鞠了个躬，而会场的另一边，又站起来另一个人，是威尔逊律师，也微微鞠了个躬。一时间，人们都充满了好奇，安静地等待着。每个人的脸上都面带困惑，而那十九户要人的妻子则既惊讶又气愤。

比尔森和威尔逊各自转过身来，瞪着对方。比尔森话里带刺地问道："你站起来干什么，威尔逊先生？"

"因为我有权力站起来。请您首先给我们解释一下，您为什么要站起来？"

"在下不胜荣幸。因为那张字条是我写的。"

"这纯粹是无耻的谎言！那字条是我亲笔写的。"

这下伯吉斯愣住了。他站起身来，迷茫地看了看这位，又望了望那位，一时间不知所措。全场人也呆住了。这时，威尔逊律师开口道："我请求伯吉斯大人念一下那张字条的签名。"

伯吉斯听了这话，立刻醒过神来，大声念出了字条上的签名："约翰·沃顿·比尔森。"

"怎么样！"比尔森大声说，"现在你还有什么可说的？你要如何向我道歉，以及如何向被你蒙骗受辱的在场的诸位赔罪呢？"

"我完全没有道歉的必要，先生。不仅如此，我还要公开指控你从伯吉斯先生那里偷走了我写的那张字条，然后照原样抄了一遍，签上你自己的名字调了包。因为除此之外，你没有任何其它办法拿到那句证词。我是这世上唯一一个知道这句话的人。"

事态再这样发展下去，非闹出丑闻不可。人们痛心疾首地看着记者们正奋笔疾书，下笔如飞地做着记录。很多人大喊着："维持秩序！维持秩序！"

伯吉斯敲着手里的小木槌，说道："不要忘了起码的礼数。这其中显然是有什么误会，没什么大不了的。如果威尔逊先生给过我信封的话，是的，我想起来了，他的确给过我，还在我这里呢。"他从口袋里拿出一个信封，打开来，看了一眼，脸色又惊又慌，好一会儿都没有作声。然后，他机械而僵硬地摆了摆手，好几次欲言又止，想说些什么，却最后都无奈地作罢。台下有几个人大声喊道："念啊，快念啊！上面写的什么？"

于是，伯吉斯用梦游一般恍惚的语调，念了起来："我对那位不幸外乡人说的话是：'你绝不是一个坏人。去吧，改过自新就好。'"

人们窃窃私语：太让人惊讶了！这是怎么回事？！

"这一封信，"伯吉斯说，"落款署名是瑟罗·G.威尔逊。"

"怎么样！"威尔逊大声说，"依我看，这事就算水落石出了！我就知道我写的那张字条肯定是被人剽窃了。"

"剽窃！"比尔森反驳道，"我非得让你知道点儿厉害不可。我要让你，以及所有像你这样的混蛋知道，谁要胆敢——"

伯吉斯大喝一声："肃静，先生们，肃静！坐下，你们两个都请坐下。"

他们听从了伯吉斯的话，但仍然晃着脑袋，气愤地喋喋不休。大家这下全都蒙了。面对这个突如其来的意外情况，谁也不知道该如何是好。这时，汤普森站了起来。这个汤普森是开帽子铺的，一心想要跻身于十九个大户之列，可惜没能如愿，因为他店里的帽子还不够多，比不上那十九个大户的雄厚实力。他说道："伯吉斯先生，请容许我说几句好吗？这两位先生说的都对吗？我想请教您，先生，难道他们两个人都碰巧对那个外乡人说了一模一样的话吗？在我看来——"

皮匠站起来，打断了他的话。这个皮匠是个满腹牢骚、心怀不满的人，他满心以为自己能够得上十九个大户之一，结果却并没有得到认可。

低着头，双手捂着脸，拼尽全力，靠着极大的涵养和毅力，才忍住没笑出来。正在此时，突然爆发出一个桀骜不驯的声音，不合时宜地打破了场内的沉寂——这个声音来自杰克·哈利迪："这句话才是字字珠玑啊！"

这下全场的人，包括外乡人在内，全都忍不住了。大家忍不住爆发出一阵笑声，过了好久，伯吉斯才得以正色直言，发表如下的一段讲话："任何人想要掩盖事实都是徒劳无用的，我们面临着一个十分重大的问题。这个问题事关本镇的名誉，危及全镇的名声。威尔逊先生和比尔森先生提交的证词，虽然只有一字之差，但却事关重大。因为这表明两位之中，有一个人犯下了偷窃之罪。"

这两个人正瘫坐在座位上，有气无力、瘫软如泥，但是一听到这些话，俩人就像通电了一样，立刻打起精神，站了起来。

"坐下！"伯吉斯厉声说，他们只好乖乖服从，"我刚才说了，这件事事关重大。而且，虽然只是他们两个人当中的一个人干的，但问题没那么简单。因为两个人的名誉现在都面临着威胁，要是再说严重一些，就是他们的名誉正陷入绝境。两个人都没有写出最关键的那四十个字。"他稍作停顿，故意留出时间，让大家沉静下来，聚精会神，细细回味和思索，然后，他继续说道，"似乎出现这样的情况，只有一个原因可以解释。我要请问二位——你们是不是事先串通好了？彼此之间达成了某种协议？"

台下又是一阵低声窃语，似乎在说："他把他们两个都问罪了。"

比尔森从来没遇到过这么突如其来的情况，吓得瘫坐在座位上，浑身瘫软无力。而威尔逊是个律师，见过场面，虽然脸色苍白，心神慌乱，但他还是强撑着站了起来，说道："我请求诸位开恩，因为我将要说的话，必定会给比尔森先生造成难以弥补的伤害。一直以来，我对比尔森先生都十分敬重，满怀敬意。过去的我完全相信，比尔森在任何诱惑面前都不会动摇，更不会受到侵蚀，我想诸位也同样相信。但是，为了维护我自己的名誉，我必须要说出来，开诚布公地说出我的心里话。

“我满怀羞愧地承认，也在此请求诸位的原谅，我曾经向那位落魄的外乡人说过那些证词里的所有的话，也包括那四十个字的诽谤之言。最近报上登出了这件事以后，我就想起了曾经说过的那些话，于是决定来申领这袋金币，因为我有充分的权力得到它。我恳请大家想一想，仔细推敲一下。那天夜里，外乡人对我感激不尽，他说他实在想不出恰当的字眼来表达他对我的感激之情。他说滴水之恩，当涌泉相报，假如有一天他有了钱，一定会给我千倍的回报作为报答。

“现在，我想请问诸位：我能想到我能相信，甚至能体会到他当时的那种心情吗？既然他对我深怀感激，那么他会干出这种忘恩负义的事来，非得在证词里加上那完全没有必要的四十个字吗？给我设这么一个陷阱？让我在自己的乡亲面前，在大庭广众之下，揭露自己曾经说过的诽谤之辞，当众出丑吗？这太荒唐了，简直难以想象。他的证词应该只包含开头我给他的那句诚恳的忠告。对此我深信不疑。如果换作诸位的话，也会这么想的。

“你们绝不会想到，也不会相信，你帮了别人的忙，也没有得罪过他，可他反过来却卑鄙地陷害你。所以，我深信不疑地在一张纸上写下了开头的那句话——‘去吧，改过自新就好。’然后签上了我的名字。当我正要把那张纸装进一个信封里时，有人找我有急事，我就立刻去了律师所的办公室，一时心急，忘了那张字条正摊开着放在桌子上，”他停下来，慢慢转过头看着比尔森，等了一会儿，然后接着说，“请大家注意我下面要说的话：过了一会儿，我回来的时候，我看见比尔森先生正从我家的前门走出来。”

比尔森立刻站了起来，大声呵斥："他说谎！这完全是无耻的谎言！"

伯吉斯说："请坐下，先生！威尔逊先生的话还没说完。"

比尔森的朋友们把他拉到座位上坐下，让他冷静下来。威尔逊继续说道："事情就是这么简单。我回家的时候，发现我写的字条并不在我原先放置的地方。我注意到了这一点，但当时并没有在意，以为可能是风吹的。我绝没有想过比尔森先生竟然会偷看别人的私人信件，但是他的记性差了那么一点儿，写出的字条多了一个字。所以这世上只有我能够一字不差地写出证词来，而且是名正言顺、堂堂正正地写出来。"

世界上再也没有什么比一篇极具说服力的演讲更富有煽动性的了。它能迷惑人心，颠覆人们原有的想法，用华丽而激动人心的辞藻，以及诡辩的演讲之术，煽动起听众的情绪。威尔逊以胜利者的姿态落座。全场赞许的掌声和欢呼声像潮水一样向他涌来，几乎要把他淹没。他的朋友们簇拥到他身边，激动地跟他握手，向他表示祝贺。而比尔森却被铺天盖地的斥责声压住，一句话也不让说。伯吉斯拿着小木槌敲了又敲，不停地大喊："会议继续，先生们，咱们还要继续开会呢！"

最后，会场终于安静下来，那位开帽子铺的人说："可是这会议还继续开个什么劲儿啊，先生，直接把钱给他不就得了？"

众人齐声说："没错！到台上去吧，威尔逊！"

帽子商说："我提议，向威尔逊先生欢呼三次，他是道德的楷模，高尚美德的化身。"

话音还没落，就爆发出一片欢呼声。在欢呼声中，在牧师的木槌声中，一些热情激动的民众就把威尔逊抬到了一个大块头哥们的肩膀上，准备把他像胜利者一样，欢送到主席台上去。这时，主席提高了嗓门，洪亮的声音压倒了场内的嘈杂喧嚣：“肃静！回到你们的座位上去！你们都忘了还有一张字条没念呢。”会场安静下来之后，伯吉斯拿起字条正要开始念，却又把它放下了。他说：“我忘了。得等念完我收到的所有信件之后，才能读这张字条。”于是，他从口袋里又拿出一个信封，扔掉信封，打开里面的纸条，扫了一眼，看上去又是惊讶不已，他拿起纸条，仔细端详，直愣愣地盯着上面的字。

台下有二三十个人，等不及了，大声喊道：“上面写的什么？快念啊！快念啊！”

于是伯吉斯念了起来——语速缓慢，且带着诧异而茫然地语气说：“我对这个外乡人说的那句话是——‘你绝不是个坏人，去吧，改过自新就好。’落款署名是银行家平克顿。”

会场里顿时爆发出一阵暴风骤雨般的笑声。

一个声如洪钟的嗓音响起：“静一静！主席又从他衣兜里掏出东西来了。”

众人道：“哎哟喂！又有新字条了？快念念！”

主席：“‘你绝不是一个坏人，去吧。’落款是格里高利•耶茨。”

暴风般的呼声：“有四个模范了！”

“耶茨万岁！”

“再掏一张！”

会场上回荡着此起彼伏的揶揄之声，打算把在这件事里能找到的乐子全都挖掘出来。十九家大户中的几个人，面色惨白，有苦难言，纷纷站起身来，想挤过众人，从过道挤出场外，但是一群人大声嚷着：“大家注意，把门关上，别让那些道德楷模离开会场！大家都坐下！”

于是所有人都听从号令，坐了下来。

“再掏一封！快念！”

牧师又掏出了一个信封，念出那句熟悉的词句“你绝不是一个坏人”。

“不用念了，直接说名字！他叫什么名字？”

“L．因格尔兹比·萨金特。”

“第五个了！把这五个楷模都归到一起！继续，继续！”

“你绝不是一个坏人——”

“念名字！名字！”

“尼古拉斯·惠特沃斯。”

“万岁！万岁！今天过模范节喽！”

“模范们全都在这儿，是的，没错！”

人们纷纷朝牧师齐声高喊，声音响彻整个会场:“继续！继续！快念吧！再念一些！把所有收到的字条都念了！”

“没错！接着念！咱们的美名就要万古流芳了！”

十几个男人突然站了起来，表示抗议。他们说这件愚蠢荒唐的事情肯定是哪个无聊的跳梁小丑瞎胡闹的，对全镇人来说，简直是一种侮辱。毫无疑问，这些签名都是伪造的。

“坐下！你这叫不打自招。我们马上就会在那堆信封里找出你们的名字来。”

“伯吉斯先生，您一共收到了多少信封？”

伯吉斯数了数，“算上已经查对过的，一共十九封。”

会场里又爆发出一阵暴风雨般的哄笑和倒彩声。

“估计里面都写着同样的一句神秘证词呢。我提议您把那些信封全都打开，把所有字条落款的署名念一下，也念念每个字条开头的八个字。”

“附议！”

在一片喧嚣声中，这个提议被采纳并且立即执行。这时，可怜的理查兹老汉站了起来，身边的妻子也随之站起身。她低着头，不让别人看出她在哭泣。她的丈夫理查兹伸出手臂搀扶住她，然后用颤巍巍的声音说："各位在座的朋友们，你们都认识我们两口子，玛丽和我，也熟知我们的情况。"

主席打断了他的话："请让我说几句吧。一点儿不错，理查兹先生，您说得很对。本镇的人都认识您二位，也都喜欢你们，看得起你们，不但如此，大家还很尊敬你们，爱你们。"

主席接着说："我想要说的是：我们知道您二位是出于一片好意，理查兹先生。可是现在不是怜悯罪人的时候。我从您二位的脸上，看到了宽容和大度的美德，但我不能允许您替那些人求情。请坐吧，理查兹先生。我们必须核对其余的那些字条，至少，对那些已经败露的人来说，也是一种公平。我向您保证，等把这些字条都查对完之后，我一定给您机会发言。"

台下的很多人说："没错！说得对，这个时候不允许有任何人打断进程！继续念名字！"

老夫妇俩不得已，只好坐下了。丈夫对妻子悄悄地说："就这样等着被叫到名字，真是太痛苦了，等到他们发现咱们站起来原来是为了替自己求情的话，那丢人可就丢大了。"

一个又一个人的名字被念了出来，大家又开始放声大笑，极尽嘲讽。

"你绝不是一个坏人——署名：'罗伯特·提特马什。'

"你绝不是一个坏人——署名：'埃里费勒特·维克斯。'

"你绝不是一个坏人——署名：'奥斯卡.B·怀尔德。'"

如此等等，一个名字接着一个名字，除了那倒霉的十九家大户，所有人都沉浸在越来越快乐兴奋的美妙时光之中。

伯吉斯手中的字条越来越少，可怜的理查兹一直暗自数着念到的人数，一听见念到跟他的名字相近的人名时，就吓得浑身直哆嗦，就像法庭上的犯人在紧张等待着判决时刻的到来，到那时，他将再次跟玛丽站起身来，在众人面前无地自容，请求他们的宽恕和原谅，他想说的是："我们的确在巨大的诱惑面前堕落了。我刚才站起来，本来是想向大家坦白，并承认我的错误，乞求大家不要在大庭广众之下，把我的名字念出来，因为我们实在承受不了。可大家没有容我把话说完。不过，这也公平，因为我们应该跟别人一样自作自受。请大家可怜可怜我们，看在我们过去一直老实本分的份儿上。恳请诸位高抬贵手，发发慈悲，别让我们这么脸面全无。"

正想到这里，玛丽看出他想事情入了神，就用胳膊轻轻捅了他一下。"做好准备，"玛丽悄悄地说，"该念你的名字了。他已经念过十八个人的名字了。"

吟诵声停了下来。

"下一个！下一个！下一个！"众人齐声高喊，声音响彻整个会场。

伯吉斯再次把手伸进口袋里。老夫妇颤颤巍巍地准备要站起来。伯吉斯在口袋里摸了一会儿，然后说："啊，原来所有的字条都念完了。"

夫妇俩惊喜交加，一屁股瘫坐在座位上。感谢老伯吉斯弄丢了那封信。

众人齐声欢呼，高喊着："哈德莱堡的美名永不玷污，因为我们有十八位不朽的楷模！"

突然此时，马具匠温盖特站了起来，提议为"全镇最清廉之人，唯一没想要偷取那笔钱的大户，爱德华·理查兹"欢呼叫好。

于是大家满怀热忱和发自内心的感动，向理查兹夫妇欢呼致意。这时，又有人提议“推举理查兹为本镇荣誉的唯一守护者，哈德莱堡神圣美德的化身。只有他有资格和权力面对全世界的冷嘲热讽，可以昂首挺胸，傲然挺立”。

众人掀起一阵欢呼，提议被全体通过。

“那么，现在这袋金币应该归谁呢？”台下的一个人说。

皮匠带着嘲讽挖苦的语气说：“这好办。把钱分成十八份，平均分给那十八位正直不阿的楷模好了。他们每个人都给了那个落魄的外乡人二十块钱，另外还送了一句忠告，为了尽量缩短时间，他们轮流跟那个外乡人把那句忠告说了一遍，总共花了二十二分钟。在外乡人身上下的赌注，共计三百六十块钱。他们想要的只不过是拿回本钱，外加利息一共四万块钱。”

众人齐声说：“没错！好主意！分了它！那几个人怪可怜的，别让他们眼巴巴地等着啦！”

主席大声说：“肃静！现在我宣读那位外乡人的另一封信。信上说：‘如果没有申领人出现，我希望你们打开钱袋，把里面的钱数好，并交给贵镇的几位要人，委托他们进行保管，并且他们可以充分利用这笔钱，用来使贵镇的诚实正直的美名得以永存史册，并使之发扬光大，也因此，他们的名声以及为全镇所做的贡献将会为贵镇增添更加灿烂夺目的光彩。’好像信就写到这儿了。不——还有一段附言。”

“附言——致哈德莱堡的公民们：实际上，根本没有什么证词，没人说过那些话。也压根没有什么穷困潦倒的外来人，没有所谓的二十块钱的施舍，更没有什么表示谢意和恭维的话——这一切都是编造出来的。请允许我介绍一下自己的情况，我曾经路过贵镇，并且无缘无故遭到了镇上的人的羞辱。愤怒的我想毁掉镇上的每一个人，我乔装打扮回到这里，并且观察你们。你们太容易上钩。你们诚实的美名早已远播，久负盛名，所以你们自然以这个荣誉而自豪，你们将其视若眼中的珍宝，倍加珍惜。于是我制定了一个计划，搜集了一张名单。我的计划就是要败坏这个自诩永不堕落的哈德莱堡镇。我要把将近半百个没有任何劣迹，一辈子从来没说过谎，也没有偷过一分钱的男男女女都变成骗子和小偷。

“不过我唯一担心的是古德森。我担心如果我开始实施我的计划，把我的那封信摆在你们眼前的时候，你们心里就会想：镇上只有古德森才会给一个穷鬼二十块钱。那样一来，你们就不会上钩了。但幸运的是，古德森已经不在人世了。于是我知道我的计划万无一失了。我想彻底地压垮和击溃你们的虚荣心，叫它万劫不复；我要赋予这个镇子一个新的名声，一个永远都抹不掉的名声，并且让这个新的名声传扬天下。如果我的计划已经成功了，那么就请打开口袋，召开‘哈德莱堡青史留名暨声名远播委员会会议吧’”

念完这封信，牧师像是想到了什么，猛然把口袋扯开，抓了一大把金币，攥在手里摇了摇，然后仔细端详。

“朋友们，这些只不过是镀金的铅饼而已！”

催眠大师
杰夫·彼得斯

文/欧·亨利［美］

译/王梓涵

人生是个含泪的微笑。

欧·亨利

美国短篇小说家、美国现代短篇小说创始人。
其主要作品有《麦琪的礼物》《警察与赞美诗》、《最后一片叶子》《二十年后》等。

杰夫·彼得斯为了赚钱招数百出，他那些花样繁多的招数，就像南卡罗莱纳查尔斯顿人做的米饭一样，能变换出各种样式和方法。我最喜欢听他讲述自己早年的经历，听他说自己如何靠着在街头巷尾贩卖膏药和咳嗽药水糊口度日。为了赚钱吃饭，得厚着脸皮跟人套近乎，说尽好话，磨破嘴皮子。即使如此，也不一定能赚来钱，能不能吃上饭有时还得碰运气——

有一天我来到了阿肯色州的非瑟丘，身穿一身鹿皮西装，脚蹬一双鹿皮鞋，留着一头长发，手上戴着一枚从特克萨卡纳的一个演员那儿弄来的三十克拉钻戒，是我用一把小折刀跟他换来的，也不知道他要用那把小折刀干什么。

那时候，我的身份是沃乎大夫，一个有名的印第安巫医。我身上只带着一件必胜的法宝，那就是“苦口回春水”。这种药是从延年益寿的草药和植物中提炼出来的。发明这种药的人是乔克托族美丽的酋长夫人塔奎拉，是在某一年的玉米舞会前夕，她正在采摘搭配煮狗肉的蔬菜时，偶然发现了这些植物和草药的。

我在上一个镇子的生意不太顺，所以到非瑟丘的时候，口袋里只剩下五块钱了。我去了非瑟丘当地的药剂师那里，他赊给我七十二套八盎司的瓶子和木塞。我的提箱里还有上个镇子用剩下的标签和原料。我回到旅馆的房间，听着水龙头的水哗哗地流，看着桌上一打一打摆好的“苦口回春水”，感觉生活又变得美好了。

假药？话可不能这么说，先生。我这七十二瓶药里可是有价值两块钱的金鸡纳萃取液，还有价值一毛钱的苯胺呢！后来我凭着这灵药走遍大城小镇，还有不少回头客追着找我买药呢！

当天晚上，我雇了辆马车，到主街上卖药去了。非瑟丘是个低洼湿瘴之地，我断定这里的人最需要的是一种复合型的临床肺心病抗坏血剂。我的“苦口回春药”一开始销路并不好，感觉就像在素食餐厅里卖牛羊杂碎配烤面包一样，根本无人问津。我以五毛钱的价格卖出了两打药水，这时，忽然感觉有人扯了扯我的衣角。我知道这是什么意思。于是我跳下马车，往一位领口上别着德国银星勋章的男人手里，偷偷塞了五块钱。

“警察先生好！”我说着，“今晚夜色不错啊。”

“你在这儿推销售卖这非法制剂，还谎称是药，”他语气严肃地说，“你有城市许可证吗？”

“还没呢，”我答道，“我不知道这儿算是城市。要是明天我发现这里确实是城市，我会去办许可证的。”

“既然你没有许可证，那我就必须勒令你停业了，等办好许可证再出来卖药吧。”警察说。

于是我就只好收摊回旅馆了。我跟旅馆老板谈起了这件事。

“哎呀，你在非瑟丘这里可干不了这个，”旅馆老板摇了摇头说，“霍斯金斯大夫是这儿唯一的医生，他是镇长的小舅子，他们不会让任何一个赤脚大夫在这城里行医的。”

“我又不行医，”我说，“我有州政府颁的小贩执照，无论在哪个城市我都能拿到市级的许可证。”

第二天一早，我就去了镇长办公室，不过他们说他还没来上班，也不知道他什么时候才会来。于是，沃乎大夫我呢，就只好回到旅馆，缩在旅馆大厅的椅子上，点上一根曼陀罗叶草香烟，一边抽烟，一边等着。

过了不久，一个打着蓝领带的年轻人坐到我旁边的椅子上，问我几点。

“十点半，”我说，“你是安迪·塔克吧，我在你工作的时候见过你。你不是在南方推销丘比特大礼包来着吗？我想想啊，大礼包里面包括智利订婚钻戒一枚、婚戒一枚、马铃薯捣杵一支、舒缓糖浆一瓶，还有多萝西·弗农[①]照片一张——全部只要五毛钱。”

安迪见我竟然还记得他，显得很高兴。他是个不错的街头商人，不仅如此——他还很尊重自己的职业，只要能赚三倍的利润就很满足了。很多人都向他抛出橄榄枝，邀他加入非法药物和园艺种子销售的行业中来，但他从来都不受利益诱惑，不做偏离正道的事儿。

我想找个搭档，于是我跟安迪一拍即合。我告诉他非瑟丘目前的状况，分析了这里由于本地医政勾结而造成的经济低迷。安迪是当天早晨下的火车，刚好当时也处在低谷，正想着在全城挨家挨户地推销，靠着尤里卡斯普林斯那边的流行配方药挣上几个钱东山再起。于是我俩就走出门外，坐在回廊里细细商谈了起来。

第二天早上十一点，我正一个人坐着呢，只见一个“汤姆大叔”

---

①注：多萝西·弗农，1544年–1584年，乔治·弗农爵士的小女儿，哈顿庄园的女继承人。传说多萝西结婚后与人私奔，许多小说戏剧作品都是基于这个传说创作的。

慌慌张张地冲进旅馆，张口就叫我大夫，让我跟他去看班克斯法官，似乎就是那位镇长，他好像病得不轻。

“我不是医生啊，”我跟他说，“你怎么不去找大夫？”

“先生，”他急道，“霍斯金斯大夫到二十英里外的乡下出诊去了。他是镇上唯一的大夫，班克斯老爷又病得厉害，是他让我来叫你去给他看病的，请您快跟我来吧。”

“本着人道主义，我会过去看看他的病情。”我说着，往口袋里放上一瓶苦口回春药，跟着他爬上山，见到了镇长那栋全域最豪华的半山豪宅，那房顶可是复折式的，草坪上还有两条纯铁锻造的猛犬雕像。

这位班克斯镇长躺在床上，全身都盖着被子，只露出了胡子和双脚。他正不住地呻吟，听起来就像旧金山的所有人都在公园里徒步远足，同时发出气喘吁吁的声音。一个年轻人正站在窗边，手里端着一杯水。

“大夫，”镇长开口道，“我病得很严重，就要死了。你能不能救救我？”

“镇长先生，我没有那个福气拜阿斯克勒庇俄斯①为师，做他的座下门徒，也从没有在医学院念过书，”我诚恳地说，“我只不过就是个过来看看，看能不能帮上点儿什么忙。”

“我非常感激，”他说，“沃乎大夫，这是我外甥比德尔先生。他想了各种办法缓解我的痛苦，可一点儿用都没有。噢，神啊！”他大声呻吟起来。

我向比德尔先生点头致意，然后在床边坐下，把了把镇长的脉搏。“让我看看您的肝——呃，我是说舌头。”我改口道。接着

①注：希腊神话中的日神之子和医药之神。

我翻开他的眼皮，仔细看了看他的瞳孔。

“您病了多久了？”我问道。

“我是昨晚……哎，哎哟……昨晚发病的，”镇长回答，“给我来点儿药吧，行吗，大夫？’

“菲德尔先生，”我说，“麻烦您把窗帘拉起来点儿可以吗？”

“是比德尔。”年轻人纠正我说，“詹姆斯舅舅，您想吃点儿火腿煎蛋吗？”

我将耳朵靠近镇长的右侧肩胛听了听，然后坐正了身体说：“镇长先生，您这是羽管键右锁骨感染了超急性炎症啊！”

“我的老天爷！”他重重地呻吟着说，“有没有什么药能给抹上，或者正正骨，或者用其他什么办法？”

我拿起帽子，向门口走去。

“你不是要走了吧，大夫？！”镇长哀号地说，“你千万别走，别把我留在这儿等死，忍受这个……这个锁骨超级炎症好吗？”

“大夫，就算从一般道义来讲，”比德尔先生心急地说，“您也不该眼看着一个可怜人绝望痛苦，而撒手不管啊。”

“镇长先生，”我说道，“您只剩下一线希望。对您来说现在任何药物都已经没用了。虽说现在的药物已经有足够高的效用，但还有一种力量的效用远在药物之上。”

“是什么？”他急忙问道。

“经科学论证。意志力能够战胜药物。您要坚信，痛苦和疾病是不存在的，那只不过是我们身体不适时的一些感觉罢了。所谓心诚则灵，神技可施。我跟你讲的可是精神干预疗法的伟大学说——能够针对谵妄和脑膜炎进行远距离潜意识治疗的启蒙学派——那项奇妙的室内神技，名曰催眠术。”

“那您会使这项神技吗，大夫？”镇长满怀希望地问。

“我，便是最高长老院大祭司和内殿名誉技师之一，”我答道，“无论什么时候，只要我一施展这神技，即使瘸子也能走路，就算瞎子也会回头。我是灵媒，是技术高超的催眠师，是灵魂的引路人。最近在安阿伯市的降神会上，就是因为我，那位已故的醋酒公司董事长才能魂归人间，与他的亲妹妹简进行交谈。”顿了顿，我接着道，“您看见我在街上卖药，那是卖给穷苦人的，因为我不对他们施展催眠术。我不能自降身价，因为他们并无我所求的东西。”

“那您能用这个法术救救我吗？”镇长问。

“无论走到哪里，我都跟医学会的人闹过不少矛盾，惹来不少麻烦。我本人并不行医，但是，为了救您一命，我愿意为您施展这一精神疗法，只要您以镇长的身份保证，今后不会追究执照的问题。”

“当然没问题，”他赶紧接话道，“现在马上开始吧，大夫，我这眼看又要疼上了啊。”

“诊费是二百五十块钱，两个疗程即能痊愈。”我向他保证道。

“没问题，”镇长说，“我付！我这一条命绝对值这二百五。”

我在床边坐下，直直地凝视着他。

“接下来，抛开心里任何关于病痛的想法。”我缓缓道，“你没有生病。你没有心脏，没有锁骨，没有神经，没有大脑，什么都没有。你也没有疼痛。你要否定一切。好，现在是不是感觉到，你本来就没有的痛感已经在渐渐远去了呢？”

“我还真是觉得好些了，大夫，”镇长不得不承认，“我要说谎就让我烂舌头。快快，再说我几句，就说我左胸这块儿没有什么肿块，这样我就会觉得，即使坐起来吃点儿香肠和荞麦蛋糕也没问题了。”

我用双手在他说的地方来回拂了几下。

“好了，炎症走了。”我正色道，“左胸也消肿了，你会有点儿昏昏欲睡的感觉。你的眼睛已经再也撑不住，立刻就要闭上了。现在，疾病已经消除。你睡着了。”

镇长慢慢闭上眼睛，开始打起了呼噜。

“迪德尔先生，”我开口道，“您亲眼看到了，这便是现代科学的奇迹。”

“是比德尔，”他回道，“我舅舅还有一次治疗，是什么时候？”

“是沃乎，”我纠正道，“我明天上午十一点再来。等他醒来之后，给他八滴松香油和三磅牛排。日安。”

第二天上午我准时出现。

“怎么样，里德尔先生，”我对着打开卧室门的人问道，“您舅舅今天早上感觉还好吗？”

“他看起来好多了。”年轻人答道。

镇长的脸色和脉搏都不错。我又对他施展了一回催眠术，他说最后一丝疼痛也离他远去了。

“好了，您接下来再卧床休养一两天就会痊愈了。”我说道，“好在我恰巧到了非瑟丘啊，镇长先生，要知道在寻常的药剂医疗领域中，就算有一聚宝盆的药方子，也是救不了您的。啊，现在既然您的不适已经消失，疼痛也化为虚无，我们要不要换个愉快点儿的话题呢——不如就说说那二百五十元的诊疗费吧。请不要开支票，因为我既不喜欢在支票背面签名，也不喜欢在它正面签名。”

“现金给你准备好了。”镇长说着从枕头下面抽出一本袖珍口袋书。

他数出五张五十元的钞票，捏在手心里。

“拿收据来。”他对比德尔说。

我在收据上签了名，镇长把钱递给我。我把钱小心翼翼地装进了口袋里。

“你可以执行任务了。”镇长突然来了这么一句，狞笑着，一点儿都不像个病人。

比德尔先生一手抓住了我的胳膊。“化名沃乎大夫的彼得斯，”他大声说，“你因擅自非法行医而被捕了。”

“你到底是什么人？”我问。

“我来告诉你他是谁。”镇长先生从床上坐起身，说道，“他是州医学会雇佣的侦探，已经跟踪你走过五个城镇了。他昨天来找的我，我俩就设计了这出好戏请君入瓮。我想你是不能再在这一带从事任何与医药相关的活动了，骗子先生。你说我得了什么病来着？”镇长哈哈大笑，“复合型——好吧，不管什么病，反正都没能烧坏我的脑子。”

“侦探啊……”我喃喃道。

“没错，”比德尔说，“我这就把你移交给警长。”

“你试试看啊。”我边说边扣住比德尔的喉咙，将他几乎甩出窗外。可他迅速掏出一把枪抵住我的下巴，我只好住手。接着我就被戴上手铐，口袋里的钱也被他掏了出来。

“我作证，”他说，“这些都是我跟您一起做了记号的银行钞票，班克斯法官。我把他押到警长办公室就会随即上缴，警长会给您寄来收据的。这些钱将要用来作为本案的呈堂证供。”

“好的，比德尔先生。”镇长答道，“那么，沃乎大夫，”他转向我说，“你怎么不施展你的神技了？不能用牙齿就将手铐上的卡子拔出来好弄开它脱身吗？”

“走吧，侦探，”我凛然说道，“我还是随遇而安好了。”接着，我转向老班克斯，对着他哗啦啦地抖响手铐上的链子。“镇长先生，你有朝一日一定会醒悟，相信催眠术是成功的，并且你也会知道，在这个案例里，催眠术真的成功了。”

等我俩走到大门口，我说道：“这儿可能会有人路过，别被人瞧见，安迪。我觉得你还是给我解开——”啊？什么？当然啦，他就是安迪·塔克呀。这整出戏都是他的主意。就这样，我俩搞到了合伙做生意的第一桶金。

父亲的最后一次逃跑

文 / 布鲁诺·舒尔茨［波兰］

译 / 王梓涵

现实和纸一样单薄，从它所有的裂缝中泄露了它模仿的特性。

布鲁诺·舒尔茨

波兰籍犹太作家、画家。
出版过《肉桂色铺子》《沙漏做招牌的疗养院》两本小说集。

这件事发生在我们家彻底崩溃、境况凄凉的困难时期，那时我们的生意基本完了。店铺挂着的招牌已经被卸下，只剩下一块活动遮板还没有取下来。我的母亲还留在店里做着没有正式执照的买卖，出售着店里面剩下的货品。

一个新的时期开始了——空虚、清冷、寡欢，就像一张白纸。店里来了一个新的女佣，名叫亘雅，这个女孩贫弱无力、面色苍白、骨瘦如柴，总是在各个房间里四处闲逛。一有人拍她的后背，她就会像蛇一样，扭动着伸直身子，或者像猫一样发出呜呜的声音。她的皮肤苍白黯淡，甚至连眼睑里面都是惨白的。她总是那么心不在焉，甚至有时竟然用旧的信件和发票做白酱汁[1]。太恶心了，根本没法吃。

那时，我的父亲肯定已经死了。

他好几次都濒临死亡，却总是拖泥带水，不能彻底了结此生。我们一次又一次地以为他已经死亡，现实却一次又一次地改变我

①注：用面粉、奶油和牛奶调制而成的白色酱汁。

们的想法。这倒也有些好处，就好像父亲把他的死亡分成好几期，以便让我们对他的死亡熟悉到麻木。我们对他的归来愈加漠然起来。他回来的时间一次比一次短，也一次比一次可怜，而我们则变得越来越漠不关心。

在他曾经住过的房间里，他的面容就像一颗种子，洒在房间的各个角落，生根发芽，所到之处，都能让人一下子联想到他的样子。房间里的壁纸上某些地方甚至开始模仿起他习惯性的神经痉挛，壁纸上花朵排列出的图案就好像他那略带哀伤的笑容，对称得如同三叶虫化石痕迹。有一段时间我们都离他那件臭鼬皮大衣远远的，因为那件大衣会呼吸。皮衣上的小动物被缝在一起，仿佛在互相撕咬着，散发出一种惊惧的恐慌感，像一道道滚烫而又无助的电流一般，在皮衣上窜过，然后消失在皮衣的一条条折痕中。如果你把耳朵贴在大衣上，就会听到那些动物在熟睡中发出的悦耳而和谐的呜呜声。这件鞣制工艺上好的皮衣中，微微散发出一丝臭鼬的气味，充斥着谋杀和夜晚交欢的气息。在这种气味和气息中，父亲本来还可以坚持许多年，然而他却没有坚持到最后。

一天，母亲从城里回来，脸上显出心事重重的神情。

“瞧，约瑟夫，”母亲说，“你看多巧啊。我在楼梯上逮住了他，他正一个台阶一个台阶地往上跳。”——接着她撩起手绢，掀开被手绢盖着的一个盘子，盘子上有一个东西。我立刻就认出他来。那样貌和神情简直太像了，虽然他现在变成了一只螃蟹。母亲和我交换了一个眼神：尽管父亲的身形变了，但样貌却如出一辙。

“他还活着吗？”我问道。

“当然还活着。而且还挺欢实，我都快抓不住了，”母亲说，“我先把他放在地上吧。”

于是她把盘子放下，然后我们弯腰蹲着，仔细观察他。他的好几只腿同时弓起来，把身子撑起，中间形成了一个中空的地方，然后他开始慢慢爬行。他的蟹钳和触须都竖了起来，像是在听着什么。我把盘子向侧边倾斜了一下，父亲小心谨慎地动了一下，犹豫了片刻，然后爬到地板上。他刚一触到身下平坦的地面，就突然撑起所有的蟹腿迅速爬了起来，坚硬的爪子哒哒哒地敲着地板。我挡住了他的路，于是他迟疑了一下，用触须探测障碍，然后举起蟹钳，转到侧边绕过去。我们让他按照自己选择的方向爬去，因为那里没有家具可以让他遮蔽。他用他的许多条腿迈着一跳一跳的波浪形步子，爬到墙边。我们还未来得及拦住他，他就轻灵地爬上了墙，四处爬行，一刻不停。我看着他顺着墙纸往上爬，出于本能的厌恶突然打了个冷颤。此时，父亲已经爬到了厨房上层的小碗橱旁，他先是贴在碗橱边上停了一下，用蟹钳探了探地形，然后爬进了进去。

他以一只螃蟹的视角重新探索这个房间。显然，他是依靠嗅觉感知所有的物体，因为尽管我仔细地观察许久，却没有在他身上找到任何视觉器官。他总是在认真地探索行进路上遇到的所有物体，只要有障碍，他就会停下来，用触须来进行感知，然后用蟹钳触摸，像是在探测和了解这是什么物体。过了一会儿，他就放开那个物体，弓起蟹足，微微撑起身子，继续前行。我们扔了一些面包和肉在地板上，想让他吃。但他对待那些食物也像对待前行时的障碍物一样，马马虎虎地检查一番后，就跑开，然后继续前行，已经完全不认识那些是吃的东西了。

看着他一次次耐心地搜寻房间的每个角落，我们不禁怀疑他固执而不知疲倦地在寻找什么东西。他时不时会跑到厨房的一个角落，爬到一个漏水的水桶下面，趴在一摊水旁边，似乎是在喝水。

有时，他一连几天都不见踪影。看来他不吃东西也完全没事，而且依然活蹦乱跳，精力充沛。白天我们心里总是惴惴不安，怕他晚上偷偷爬到我们的床上来，但我们都极力掩饰着，怀着既厌恶又羞耻的心情，把恐惧埋藏在心里。不过好在这样的事情从没发生过，只有在白天的时候，他才会在家具上爬来爬去。而且他特别喜欢待在衣柜和墙壁之间的空隙里。

有些事情匪夷所思，但你却不得不相信，甚至觉得很有趣。比如吃饭的时候，父亲总是会无一例外地出现在餐厅里，虽然他的加入完全是象征性的。如果吃饭的时候，餐厅的门碰巧关上了，把他给关在门外，他就会拼命地抓挠餐厅门的底部，沿着门缝边跑来跑去，直到我们打开门，让他进来。后来，他学会了如何把他的蟹钳和蟹脚从门缝伸进来，经过几次这样煞费苦心地尝试之后，他最后终于成功地把整个身子从门缝钻进来，进入餐厅。

他似乎为此而感到很高兴。接着，他会待在餐桌下面，静静地躺着，一动不动，肚子有些微微抖动。这种有节奏的抖动是什么意思，我们也猜不出来。这种动作看起来有些下流和猥琐，但同时也流露出一种粗野的满足。我们家的狗，尼姆罗德，会慢慢地凑到他跟前，小心而胆怯地靠过去，闻一闻，打了喷嚏，然后漠然地走开，没有任何表情和反应。

与此同时，我们家里的气氛也越来越消沉。亘雅整天抱头大睡，纤瘦无骨的身子随着深沉的呼吸而起伏。我们经常在汤里发现棉线团，那是因为她做饭时心不在焉，把线团连同蔬菜一齐扔进锅里了。我们的店铺日夜不停地开着，白天晚上连轴转。在复杂的讨价还价声和商谈声中，生意依然在持续着。然而，更为雪上加霜的是，查尔斯叔叔过来住了。

查尔斯叔叔看起来异常沮丧而消沉。他叹了口气说，他最近遭遇了许多不幸和挫折，于是他决定改变生活方式，专心投身于语言学的研究。从此，他一直把自己锁在我家最僻静的一个房间里，几乎足不出户——亘雅把那间屋子里所有的地毯和窗帘都拿走了，因为她不喜欢这个突然而至的客人。查尔斯叔叔在房间靠看旧的价目表来打发时间。有几次，他故意恶狠狠地要踩踏父亲。我们吓得惊声尖叫，连忙阻止他。

事后他只是冷冷地一笑，而父亲，却还不知道自己的危险处境，还在地板上逗留，研究地上的零零碎碎、斑斑点点。

我的父亲，只要腿一沾地，就会跑得又迅速又灵活，但他却有所有甲壳类动物都有的一个通病，那就是只要后背一着地，就变得几乎动弹不得了。看着他拼命地挥舞着所有的蟹腿，无助地以自己的蟹壳为中轴旋转，真叫人觉得悲哀和可怜。我们几乎无法直视他，因为在他那赤裸而一节节的肚子下面，所有那些丢人现眼、伤风败俗的身体结构都暴露无遗。这时，查尔斯叔叔总是气得忍不住去踩他。于是我赶紧随手拿起一件东西去救他，然后他就会用蟹钳紧紧地夹住那件东西，翻身起来，恢复正常的姿势。随后，他就会立刻像闪电一般，以加倍的速度迅速跑开，就像是要急速抹去这段不光彩的记忆。

我必须强迫自己如实地讲述这件令人难以置信的事情，虽然到现在，我都不愿再回想起这件事。直到今天，我仍旧无法理解，我们怎么就变成了蓄意杀害他的罪人。一定是莫测的天意和宿命驱使我们这样去做的。因为命运并不会顾及我们的良心和意志，或者说，即使我们有意想逃避，也终究难逃命运的掌控。所以我们只能像被催眠一样认命，昏昏沉沉地接受命运的安排，做这种在清醒状态下会让我们倍感恐惧的事情。

我浑身颤栗，痛苦而绝望地一次次问我的母亲："你怎么能做出这样的事来？如果是亘雅干的，也就罢了，但为什么那个人偏偏是你？"

母亲哭了，紧握着双手，说不出话来。

难道她觉得这样做父亲会活得更好吗？难道她觉得这样做是解决无望处境的唯一办法吗？还是她根本是一时轻率和糊涂才这么做的？命运就是如此，一旦它决意要把那些不可思议的怪念头强加在我们身上，就会千方百计使尽各种诡计和花招。一时的糊涂，或者一念之差，就足以让我们在陷入两难的境地时，做出错误的决定。事后，我们的内心会无休止地反思自己曾经的举动，解释做这件事的动机，试图去发现内心真实的目的。

但是做过的事情却已经无法挽回。

当看到父亲被放在盘子里端了上来，我们一下子醒过神来，意识到发生了什么。

煮熟后的父亲，静静地躺在盘子里，显得又大又肿，身上变成了苍灰色，像凝胶一般。我们像石化了一般坐着一动不动，惊讶得目瞪口呆。只有查理叔叔举起刀叉，朝盘子伸过去，但突然他又犹豫了一下，把刀叉放下，斜眼看着我们。母亲吩咐佣人把盘子端到起居室。佣人把盘子放到桌子上，后来又在上面盖了一块紫色天鹅绒布，旁边摆着我们家的相册和一个音乐香烟盒。

它就静静地摆在那里，我们大家都远远地避开它。

然而，父亲在尘世的流浪还没有结束，这个故事的后续不能跟大家讲述——因为对我们来说，简直痛苦至极。既然一切理应认命，既然命运无所不用其极地要彻底摧毁他，他为什么不放弃呢？为什么不承认自己已经被命运击垮了呢？

起居室静寂了几个星期之后，不知怎地，他竟然又活了过来，在慢慢恢复元气。一天早上，我们发现盘子竟然空了。盘子边上横着一条蟹腿，还有凝固的番茄酱残渍和肉冻残渣，都显示出他逃走时的踪迹。虽然被煮过，而且在逃跑途中掉了一条腿，父亲仍然靠着余下的体力，拖着残破的身子，到了某个地方，开始了无家可归的流浪生活。

从此之后，我们再也没有见过他。

数不清的月亮

文 / 詹姆斯·瑟伯［美］

译 / 王梓涵

不要在愤怒中回顾过去，也不要在恐惧中展望未来，而要在清醒的意识中体味现在。

詹姆斯·瑟伯

美国作家、漫画家。
代表作品有剧本《雄兽》儿童读物《十三座钟》
舞台剧《瑟伯嘉年华会》。

从前，在一个靠海的王国里，住着一位小公主，名叫莱诺蕊。一天，莱诺蕊因为吃了太多覆盆子馅饼而生病了，躺在床上。

“你有什么愿望我都会答应你，”为了安抚莱诺蕊，国王说，“你心里有什么愿望吗？”

“我想要月亮，”公主说，“如果我能拥有月亮，我的病就好了。”

国王身边有很多聪明的智者，他们总能为国王排忧解难。于是他答应小公主，一定会给她摘下月亮。

国王来到正殿，拉了拉铃铛，三声长铃一声短铃，很快总理大臣就匆匆走进大殿。

总理大臣长得高高大大，胖胖乎乎，戴着一副眼镜，厚厚的镜片让他的眼睛看起来比实际大了一倍。

“我要派你去把月亮给我摘下来，”国王说，“莱诺蕊公主想要月亮。如果她能得到月亮，她的病就会好了。”

“月亮？”总理大臣惊讶地眼睛都瞪大了。

“是的，月亮，”国王说，“今晚就去，最晚明天把月亮摘下来。”

“陛下，微臣这些年里一直为您四处寻找奇珍异宝，最远甚至到过撒马尔罕[①]、阿拉伯和桑给巴尔[②]，”总理大臣说，“但月亮实在是可望而不可及啊，它距此有三万五千英里，比公主的房间还大。更何况，月亮是用熔化的铜做的。所以微臣实在无能为力。要说寻找到一只蓝色贵宾犬，这微臣可以办到，但摘下月亮实在没有办法。”

国王顿时怒气大发，喝令总理大臣滚出大殿。然后召宫廷魔法师觐见。

宫廷魔法师个子瘦瘦小小，长着一张长长的脸。他戴着一顶大红色的尖顶帽子，上面满是银色的星星，他穿着一件蓝色的长袍，上面画满了金色的猫头鹰。当国王告诉他要给宝贝女儿摘下月亮，把这件事交给宫廷魔法师去办时，宫廷魔法师的脸色刷地一下就白了。

“没人能把月亮摘下来，”宫廷魔法师说，“月亮距此有十五万英里远，而且是用绿色的奶酪做的，比这个宫殿还大两倍。”

国王听了又发起怒来，让宫廷魔法师滚了回去。然后，他拉了拉铃铛，召来了宫廷数学家。

宫廷数学家脑袋光秃秃的，是个近视眼，头上戴着一个无边的小帽，两只耳朵上各夹着一支铅笔。他穿着一套黑色的西装，上面印着各种白色的数字。

“我不想再看见那长长的单子，听到你自 1907 年入宫以来为我算过的数字了，”国王对他说，“我只想知道怎么才能为莱诺蕊公主摘下月亮。她得到了月亮，病就会好了。”

“微臣很高兴听到您提到我从 1907 年开始为您计算各种数字的事情，”宫廷数学家说，“月亮距这里有三十万英里远，它像一

---

①注：位于乌兹别克斯坦。

②注：位于东非。

枚钱币一样，又圆又扁，只不过它是用石棉制成的，足有半个王国那么大。更何况，它还是挂在天上的。所以没人能摘下月亮。”

国王又怒发冲冠，把宫廷数学家赶走了。于是他又叫来了宫廷小丑。小丑穿着五颜六色的小丑服，戴着小丑帽子和挂在身上的铃铛，蹦蹦跳跳地就来到了大殿，坐在了王座前面。

“陛下，有什么能为您效劳的？”宫廷小丑问道。

“没人能为我效劳，”国王闷闷不乐地说，“莱诺蕊公主想要天上的月亮，她必须得到月亮，身上的病才会好。但没人能替她摘下月亮。我问了好几个人，结果给出的回答都不一样，他们口中的月亮一个比一个大，一个比一个距离遥远。你什么也帮不了我，还是给我弹琴吧，弹一首忧伤的曲子。”

“他们口中说的月亮有多大，”宫廷小丑问道，“距离有多远？”

“总理大臣说距离三万五千英里，比莱诺蕊公主的房间还要大，”国王说，“宫廷魔法师说月亮距离这里十五万英里远，是这个宫殿的两倍大。宫廷数学家说月亮距此三十万英里远，是整个王国的一半大。”

宫廷小丑漫不经心地弹了一会儿琴，说：“他们都是绝顶聪明的智者，所以他们说的话肯定是对的。假如他们说得都对，那么月亮肯定跟他们每个人心中所认为的一样大，一样远。所以现在我们要做的，就是问问莱诺蕊公主，在她心中月亮有多大有多远。”

“我从来没想到过这一点。”国王说。

“陛下，请允许我去问问公主殿下。”宫廷小丑说。于是他悄悄地走进了公主的房间。

莱诺蕊公主刚好醒来，她很高兴见到宫廷小丑，但是脸色却很苍白，声音有气无力。

“你把月亮带来了吗？”她问道。

“还没有，”宫廷小丑说，“不过我会很快把月亮给您带来的。您认为月亮有多大？”

“比我拇指的指甲小一点儿，”她说，“因为我伸出手的时候，一个拇指的指甲就能把它挡住。”

“那月亮有多远呢？”宫廷小丑问道。

“月亮跟我窗前的大树差不多高，”公主说，“因为有时它会停在树梢上。”

“把月亮摘下来给您真是再简单不过了，”宫廷小丑说，“今晚，我会爬到树上，站在树梢头，把月亮摘下来献给您。”

突然，他似乎有想到了什么。

“公主，月亮是用什么做的？”他问道。

“哦，”公主说，“当然是用金子做的了，傻瓜。”

宫廷小丑离开了莱诺蕊公主的房间，然后去找宫廷金匠。他让金匠打造一个圆圆的小金月亮，比莱诺蕊公主的拇指指甲小一点儿。然后，他让金匠把小金月亮串在一条金项链上，这样公主就能把它戴在脖子上了。

“我做的这是个什么东西啊？”宫廷金匠做完之后纳闷地问。

“你做的是月亮，”宫廷小丑说，“这就是月亮。”

“可是月亮离这里有五十万英里远呢，而且是纯铜做的，像一个大理石圆盘一样大。”

“那是你心中的月亮。”宫廷小丑说完就拿着月亮离开了。

宫廷小丑把月亮献给莱诺蕊公主。公主欣喜若狂。第二天，她的病就好了，甚至能下床到公园里去玩儿了。

可是国王却始终郁郁寡欢。他知道夜晚来临时，月亮还是会高挂在天空，散发出皎洁的月光。他不希望让莱诺蕊公主看见天上的月亮。因为如果她看到的话，就会知道她戴着的项链上挂着的那个月亮不是真的。

于是国王召来了总理大臣，说："当今晚月亮出来的时候，绝对不能让莱诺蕊公主看见它。快想想办法。"

总理大臣一边用手指敲着脑门，一边冥思苦想，他说："我知道了。我们可以给莱诺蕊公主做一副墨镜。我们可以把墨镜做的暗一点儿，这样她就什么也看不见了。所以也就看不见天上皎洁的月亮了。"

国王听后非常气愤，他使劲儿摇头，说："如果她戴上了墨镜，她就什么也看不见，会撞到东西摔倒的。然后就又会病倒了。"于是他把总理大臣赶走了，又叫来宫廷魔法师。

"我们必须把月亮藏起来，"国王说，"这样莱诺蕊公主今晚就看不到高挂在天空的皎洁月亮了。该怎么办才好呢？"

宫廷魔法师两手撑地倒立起来，然后又用头撑地倒立着，接着又再次正常地站着。"我知道该怎么办了，"他说，"我们可以拿两个杆子，然后在两个杆子中间拉一块黑色的天鹅绒幕布。幕布会像马戏团的帐篷一样，把宫殿里的花园遮盖住，这样莱诺蕊公主就什么也看不见，也看不见天上的月亮了。"

国王听完甚是生气，他用力地挥了挥手。

"黑色天鹅绒幕布也会把空气挡住，"他说，"这样一来，莱诺蕊公主就没办法呼吸了。她就会再次病倒。"于是他把宫廷魔法师也赶走了。然后召来了宫廷数学家。

"我们必须想个办法，"国王说，"让莱诺蕊公主今晚看不到升起的月亮。如果你是无所不知的智者，那就赶快想个办法出来吧。"

宫廷数学家在大殿里踱步，走成一个圆形，然后又走成一个方形，接着他站住不动了。

"我想到了！"他说，"我们可以每天晚上在公园里放烟花。

我们可以放大量的银色喷泉烟花和金色瀑布烟花，射向天空的烜花，火花四射，把黑夜照得亮如白昼，这样莱诺蕊公主就看不见月亮了。”

国王听完暴跳如雷，气得上蹿下跳。

“放烟花这么大噪声，会把公主吵醒的，”他说，“她会被吵得睡不着觉，这样一来，又会病倒。”于是国王把宫廷数学家也赶走了。

他抬头一看，外面天色已暗，月亮刚刚从地平线上露出浅浅的光晕。他吓得跳了起来，立即叫来了宫廷小丑。宫廷小丑蹦蹦跳跳走进大殿，坐在王座前面。

“有什么我能为您效劳的吗，陛下？”他问道。

“没人能为我效劳，”国王闷闷不乐地说，“月亮又要升起来了。月光将会照进莱诺蕊公主的卧室，那时她就会知道月亮还挂在天上，戴在她脖子上的并不是真正的月亮。给我弹奏一曲吧，弹一首非常悲伤的曲子，因为等公主看到了月亮，又会病倒了。”

宫廷小丑漫不经心地弹奏了一会儿。

“您的那几位智者怎么说？”他问道。

“他们想不出隐藏月亮的办法，也想不出该怎么才能不让莱诺蕊公主再次病倒。”国王说。

宫廷小丑又弹奏了一首十分轻柔的曲子。

“您的智者无所不知，”他说，“如果他们想不出如何隐藏住月亮，那就真的隐藏不了。”

国王双手掩面，不住地叹气。突然他从王座上跳了起来，指着窗户大喊：“快看！月亮已经升到天上，月光照在了莱诺蕊公主的卧房里。谁能解释为什么一个月亮挂在她脖子戴着的金项链上，同时还有另一个月亮在天上闪耀呢？”

宫廷小丑停止弹奏，说道：“那谁有能解释，既然您的那几位智者都说月亮太大太远，那最后是谁把它摘下来的呢？是莱诺蕊公主。因此莱诺蕊公主比您的几位智者更聪明，也比他们更了解月亮。所以我们应该去问问她。”国王还没来得及阻止，宫廷小丑就已经悄悄地溜出了大殿，沿着宽阔的大理石台阶，走进了莱诺蕊公主的卧房。

公主正躺在床上，但还睡意全无，正看着窗外天空中皎洁的月亮。在她手里握着的是宫廷小丑为她打造的小圆月亮。小丑觉得十分难过，眼含泪光。

“请告诉我，莱诺蕊公主，”小丑哽咽地说，“为什么您戴着的项链上有一个月亮在闪闪发光，而同时天上还有一个月亮在闪耀呢？”

公主看着他，开怀大笑。“很简单啊，傻瓜，”她说，“当我掉了一颗牙齿之后，原先掉牙的地方就会又长出一颗新牙，不是吗？”

“当然，”宫廷小丑说，“当森林里的独角兽掉了兽角之后，它的额前中间的位置，就会长出一个新的兽角。”

“没错，”公主说，“当宫廷花匠把花园里的花剪掉的时候，原先的地方又会长出新的花来。”

“我早应该想到的，”宫廷小丑说，“因为这跟白昼是一个道理。”

“月亮也是如此，”莱诺蕊公主说，“我想世间万物都是如此吧。”她的声音变得很低沉，而且越来越小。宫廷小丑发现原来公主已经睡着了。他轻轻地给睡梦中的公主盖好了被子。

他离开公主房间之前，走到窗前，对着月亮眨了一下眼睛。因为在宫廷小丑看来，好像月亮刚才对他也眨了一下眼睛。

永生者

文 / 玛丽 · 雪莱［英］

译 / 王梓涵

在我看来，生与死息息相关。

玛丽·雪莱

英国小说家，被誉为科幻小说之母。
代表作品有《弗兰肯斯坦》《最后一个人》《永生者》。

1833年7月16日——今天是我的323岁生日！

你说我是那位永生流浪的犹太人[①]？当然不是，在我出生之前，他就已经流浪十八个世纪了。比起他来，我还是个十分年轻的永生者。那么，我是永生不死的吗？这个问题我日日夜夜都在问自己，但是303年过去了，我仍然没有找到答案。恰好今天，我在我的一头棕色头发里发现了一缕灰发，也许是在我的头发里隐藏了三百年，一直没有发现。毕竟有的二十多岁的年轻人已经满头白发了。

我是不是永生者，你们来判断吧。我会把我的故事讲述给你们，因为这样我又可以打发几个小时的时间了，漫长而永恒的生命，实在让人难以忍受。

人人都听说过科尼利厄斯·阿格里帕的大名吧。他的名声使他永垂不朽，他的技艺则让我永生不死。你们也都听说过他学生

①注：永生流浪的犹太人源自流行于13世纪的欧洲传说，据传一个犹太人嘲弄正被驱赶行往十字架上的耶稣，于是被诅咒永世在尘世行走，直到耶稣再临。

的事情吧。他的学生趁师父不在的时候，意外地唤醒了一个恶魔，但最后恶魔被他杀死了。不管是真是假，这次事故都给这位著名的学者惹来了不少麻烦。

从此，他的学生都远离了他，他的仆人也都跑光了。他身边一个人都没有了，睡觉的时候，没人再给他添柴加火，做研究的时候，也没人再替他观察和记录药水颜色变化的情况。因此他的实验屡屡失败，因为仅凭一人之力根本做不到。

那时，我正值青春年少，虽然是个穷小子，但是却有一个相爱之人。那时候我已经给科尼利厄斯当了一年的学徒，但事故发生的时候，我并不在那里。等我回来的时候，朋友们告诉了我那件可怕的事情，并且劝我不要再回到那位炼金术士的身边。

我吓得直哆嗦，让他们别再说了。科尼利厄斯回来后，递给我一袋金币，问我愿不愿意继续留在他的门下。我感觉就像是魔鬼撒旦在试探和诱惑我。我吓得牙齿打颤，头发都竖了起来。虽然两腿发软，但我还是撒腿就跑了。

两年过去了。在这段时间里，我再也没进过他的家门。每天晚上，我都会到一个喷泉水池旁流连，泉水汩汩地涌着，水池旁总有个黑发的女孩在此徘徊，闪亮的黑眼睛总是凝视着我每晚的必经之路。

爱上贝莎之前的日子，我已经毫无印象了。我们从小青梅竹马，从儿时起就是近邻和玩伴儿。她的父母和我的父母一样，虽然生活贫苦，但品格高尚。我们的相恋是双方父母最大的欣慰和快乐之源。但不幸的是，一场严重的高烧夺去了贝莎父母的性命，让她成了无依无靠的孤儿。本来她可以来我家，和我们生活在一起，但遗憾的是，一位无儿无女、孤身一人且富有的老妇人领养了她，住在附近的一座城堡里。

从此，贝莎成了命运的宠儿，衣食无忧、生活富足。虽然她有了新的身份和环境，但贝莎对昔日的贫贱之交仍然真诚相待。她经常来村里看望我父亲，后来老夫人禁止她来我们这种贫苦之地，跟我们这些穷人来往。于是她就悄悄地躲进附近的树林，在这处荫凉的泉水旁与我幽会。

贝莎常说，我们的身份没有高低之分，我们的感情是纯洁真挚而神圣的。但我那时太穷了，无法与她结婚，所以她对我越来越生气和失望。我们有一阵子没见面了，她说这段时间见不到我，觉得非常苦恼。她痛苦地不停抱怨，甚至斥责我一贫如洗、穷困潦倒。

于是我气急败坏地回答说："我是穷，但我穷得有骨气！我要不是心里还有良心，不想走邪门歪道，早就发财了！"

我害怕吓着她，所以始终不肯说出那件事，但她却步步紧逼，逼得我不得不说出事情的原委。听我说完之后，贝莎用轻蔑的语气对我说："你口口声声说你爱我，其实都是假的，你要是真爱我，真想跟我结婚，又怎么会害怕魔鬼呢！"

她的话深深刺激了我，在爱情和希望的激励下，我又回到了炼金术士的家，接受了他的条件，于是立刻成了他的助手，为他工作。

一年过去了。我的积蓄日渐累积，心中的恐惧也渐渐消失了。希望之光渐渐燃起，但我心中却并没有那么开心喜悦。因为贝莎，虽然她依然真心爱我，但却举止轻佻、卖弄风骚，弄得我心里就像打翻了醋坛子似的，很不是滋味。

她用数不清的方式轻视和冷落我，却从不承认她有过错。她经常会把我气得发疯，然后又硬逼着我向她道歉。贝莎身边总是围着一群穿着绫罗绸缎，嬉皮笑脸的富家公子。而我却只是科尼利厄斯的一个穷学徒，拿什么跟人家比呢？

有一段时间，师父在忙着做一项重要的工作，需要我留在他身边帮忙，日以继夜、时刻不离，要我帮忙为火炉添加柴火，并且观察他实验中的化学药剂反应。贝莎在喷泉水池边空等了一场，她感觉被人忽视了，于是那股高傲蛮横的性子又上来了。科尼利厄斯允许我睡一小会儿，于是我赶紧趁这个短暂的空当，偷偷跑过去，希望疲惫不堪的我能从贝莎那里得到一些安慰。结果她却对我冷言冷语，鄙视地叫我滚开。说别的男人为了见到她、牵一下她的手，哪怕有天大的事情，也会立刻撂下，然后飞奔过来。

她这么伤我的心做会遭到报应的，而且报应真的来了。

一天傍晚，我待在自己那间破陋的房子里，听到外面传来贝莎轻佻的笑声，逗她笑的那个男人叫阿尔伯特·霍弗，是收养贝莎的老妇人眼中的红人。三个人坐着马车从我房里那扇烟雾缭绕的窗前走过。我似乎听到了他们提到了我的名字——随后便传来一阵嘲笑声，她黑色的眼睛鄙夷地朝我的屋子扫了一眼。

我心里顿时妒火中烧，痛苦和怨恨无以复加，顿时泪如泉涌，心想她现在应该已经不再是我的爱人了。这个移情别恋的女人，我心里愤恨地诅咒着。然而，尽管如此，我还是得忍着伤心和痛苦，为炼金术士烧旺炉火，还得替他观察那古怪药水颜色的变化。

科尼利厄斯已经在实验室里熬了三天三夜，一直未曾合眼。蒸馏器里液体的变化速度比他预想的慢很多。尽管他急切地想看到最终结果，却困得实在睁不开眼睛。

他一次又一次以超出常人的毅力，驱走浓浓的睡意，可睡意却一次又一次袭来，让他不知不觉失去知觉。

他看着坩埚有些闷闷不乐。

“还没好，”他嘟囔着，“难道还得再等一个晚上才能完成吗？

温兹，好孩子，你既忠心可靠，又认真谨慎——昨晚你已经睡了一觉。那么今晚就好好盯着这个玻璃容器吧。容器里的溶液有一种淡淡的玫瑰色，当颜色开始变化的时候，记得立刻叫醒我，现在我先去闭会儿眼，睡一觉。这里面的药水首先会变成白色，然后会射出金光。但千万别等到那时再叫醒我，等玫瑰色一变淡，就立刻喊我。”

我几乎没怎么听到他最后的几句话，因为那是他快要入睡时嘴里小声嘟囔的。

“温兹，我的孩子，”他又说道，“别碰那个容器，别尝里面的药水，那是一种春药，一种治愈爱情的媚药，一旦你喝了，就不会再爱你亲爱的贝莎了，小心，千万别喝！”

说完他就睡了！他那尊贵的头颅低垂在胸前，我差点儿没有听到他那规律的呼吸声——因为他刚才提到了贝莎，我满脑子想的都是她。

我心中像是有无数条大大小小的毒蛇在来回游走。贝莎，这个虚伪轻浮而且残忍的女孩！我再也不愿看到她的笑容了，就是那晚她向阿尔伯特露出的那副笑容。哦，真巴不得他们俩都死掉！我憎恶她——也爱她。是的，正是这种爱，才使我如此绝望，才让我在贝莎面前如此卑微。我要对她忘情，要冷漠地面对她，不再动心、无动于衷，我会忘了她，忘了对她的爱，我要把我的爱交付给更美丽善良、更真心爱我的姑娘，这样我就胜利了！

突然，眼前出现一道亮光。我这才想起观察药水的事情！我惊讶地盯着那容器：在药水的表面迸发出一道道闪光，那闪光如此美妙，比阳光下的钻石还要耀眼。接着，一股极为幽香馥郁的香气，扑鼻而来。

眼前的这个玻璃容器仿佛就是个充满生命力的球体，惹人迷醉，令人怦然心动。出于本能，我脑子里最先想到的是：我必须要尝一尝！于是我拿起玻璃容器，移到嘴边。

“它会治愈我爱情的创伤——还有心中的痛苦！”我从未品尝过如此美妙绝伦的药水，没想到世间竟有如此的美味。刚喝到一半，科尼利厄斯突然动了一下。我吓得惊慌失措，玻璃瓶一下子从手里滑落，药水燃烧起来，溅在地板上，火花四射。

突然间，科尼利厄斯一把掐住了我的喉咙，怒吼道：“该死的家伙！我毕生的心血都被你给毁了！”

师父根本不知道我是否喝过玻璃瓶里的药水。他以为我只是出于好奇，才把玻璃瓶拿了起来，却被突然冒出的闪光吓了一跳，结果失手把它掉落在地上。我始终没把真相告诉他。药水的火光渐渐熄灭，芳香的气味也逐渐散去。他冷静下来，让我离开，回去休息。

当晚我睡得非常好，那种美妙的感觉简直无法形容。我的灵魂仿佛沐浴在天堂的荣耀和光辉里，充满无尽的喜乐和安详。当我醒来的时候，心中洋溢着满满的喜悦和幸福，只觉得任何语言都显得苍白。我仿佛行走在天上，尘世宛如天堂，我喜不自胜，神游九霄。

这就是治愈爱情的药水，我心想，今天我要去见贝莎，她会发现她的爱人对她冷若冰霜、视若无睹。因为他得到了无比的快乐，已经对她毫不在意了！

时间飞逝，几个小时转眼就过去了。科尼利厄斯受到这次实验成功的激励，开始计划再制作一次同样的药水。他给我放了一天假，自己关起门来，一头扎进各种书籍和药物之中。我精心地打扮了一番，照了照镜子，看着镜子里自己，我心中暗想，似乎我的容貌比以前英俊了不少。我步履匆匆地出了城，心头洋溢着喜悦和欢乐，感觉眼前的天空和大地都如此美丽，令人陶醉。

我朝着城堡走去，怀着轻松的心情望着那高耸的塔楼，因为我的爱情创伤已经被治愈了。我大步流星走在林荫道上，我的贝莎远远地望见了我。不知道是什么让她突然产生冲动，催开她的芳心。她刚一看到我，就立刻跑下大理石台阶，犹如轻盈跳跃的小鹿一般，向我奔来。但那个出身高贵的老巫婆，也就是贝莎的收养人，她也看见了我。

她颤巍巍地走上台阶，气喘吁吁。一个相貌跟老巫婆一样丑陋的男仆，跟在她身后，一边替小步紧跟的老巫婆拉着裙摆，一边给她扇着扇子。她一把拦住了我的美人儿，气汹汹地说："你个臭丫头，这是要去哪儿啊？跑这么快干什么？你是一只鸟，就应该乖乖呆在鸟笼子里——外面都是凶残的老鹰，小心把你吃了！"

贝莎想要拉开老巫婆的手，眼睛还在依依不舍地盯着我渐渐走近的身影。我看到她们在争执。我恨透了那个可恶的老巫婆，她竟然想打消贝莎对我的柔情蜜意，浇灭她心中炽热的爱情之火。

以前，我很尊重这个老妇人，因为她的地位高贵，所以我始终不敢接近她的城堡，也不敢与她直面相对。但现在，我已经毫不在乎了，也毫不畏惧，因为那药水已经治好了我爱情的创伤。于是，我鼓起勇气，急速向前飞奔，来到城堡的台阶。贝莎多么可爱迷人啊，焦急和愤怒使她眼含怒火、脸颊泛红，比以往任何时候都更加妩媚动人。我不再爱她了，哦，不！我仍然爱慕她、崇拜她，把她奉为我的女神！

那天，老巫婆给她下了最后的通牒，要她立即与我的情敌成婚，否则的话就把她赶出城堡，从此断绝关系。老巫婆的一番威胁和恐吓，反倒激起了她的高傲之心，但当她想起她曾经接二连三地对我奚落嘲讽时，以为自己已经失去了我，心里顿时悔恨交加，痛哭流涕。

正在这时，我出现在她眼前。“哦，温兹！”她大声哭喊着，“快带我离开这个令人厌恶的豪宅，离开这种恶心压抑的生活吧，带我回到你母亲的小屋——回去过贫穷却幸福的日子吧。”

我用力把她拉进怀里，紧紧抱住她。老妇人被气得说不出话来，等到我们携手远去，她才怒气大发，破口大骂。这真是个欢喜雀跃的日子，我不再需要借助炼金术师配制出的美妙药水，因为我的快乐已经无以复加。

没过多久，我就成了贝莎的丈夫。我不再去做科尼利厄斯的学徒了，但仍跟他做朋友，时常往来。我始终对他心怀感激，因为他让我意外地品尝到了那美味的药水。虽然它并不是治疗爱情的神药，但它治愈了我心中的悲伤，让我不再感到孤独和哀愁，也激发出我的勇气和决心，让我赢得了一件无价之宝：我的贝莎。

科尼利厄斯的药水喝下之后所产生的那种飘飘欲仙、怡然忘我的感觉虽然逐渐淡去，但却始终萦绕在我心间，久久不能忘怀，犹如一幅绚丽的画卷，在我的人生中画上了浓重而多彩的一笔。

贝莎经常感到纳闷，不知我为何总是无忧无虑，喜不自禁。因为我以前是个性格极为严肃刻板，甚至有些忧郁的人。因为我的乐观开朗，她现在比以前更加爱我了，我们的生活也幸福喜乐，快乐似神仙。

五年后，我收到了一个出人意料的消息，科尼利厄斯已不久于人世，临终之际，他派人来找我，希望能马上见我一面。我到了他的家里一看，他瘫软无力地躺在小床上，行将就木、奄奄一息，只有那双眼睛还依然锐利，两只眼睛紧紧盯着一个玻璃容器，里面装满了玫瑰色的液体。

“瞧，”他用低沉暗哑的声音，时断时续地说，“人类的愿望……

到头来……仍是一场空啊！当我的希望即将再次实现的时候，却又再一次……被毁灭。瞧瞧那些药水，跟五年前我配制的药水…一模一样，而且同样取得了成功。当年，我如饥似渴地期盼着能喝到那长生不老的灵药，却被你一手打翻了！而现在，一切都太晚了。”

他吃力地说完，就一下子无力地躺倒在枕头上。我冲动之下脱口而出：“可是尊敬的师父，您五年前配制出来的不是治疗爱情的药水吗？怎么能让人长生不老呢！”

他脸色露出一丝微笑。他说话时，声音气若游丝，所以我必须认真仔细才能听见。“它既能治愈爱情，也能长生不老。啊！如果我现在能……喝上一口的话……我就应该能得到……永生了！”

说话间，一道金光突然从容器的液体中迸发出来，那种令我刻骨铭心的香气在空气中弥漫开来。科尼利厄斯费力地撑起身子，尽管虚弱无力——但当看到那道金光时，却似乎又奇迹般地有了力气，就像有一股无形的力量注入了他的身体。他向前伸出手，突然响起巨大的爆炸声，把我吓了一跳。一道火光从长生不老药里射出，玻璃容器猛然爆炸，与里面的药水一同消失得无影无踪！等我回过头，发现科尼利厄斯已经跌回床上，目光呆滞，面容僵硬……他死了！

可我还活着，而且将永远地活着！这位可怜而不幸的炼金术士所说的话，一直在我脑海中回荡，好几天都萦绕在心头。我还记得，当我偷偷品尝到那奇异的药水之后，那种飘飘欲仙的感觉，身体轻盈如燕，心中满怀喜悦，神采奕奕，满面春风。我站在镜子面前，看着自己，发现五年来，我的面容没有一丝变化。我又想起那美味药水的馥郁芳香和斑斓的色彩——那是上天最美妙的馈赠，使我得以长生不老、永生不朽！

几天后，我开始自嘲，嘲笑自己认为不该如此轻信科尼利厄斯的话。有句古话，叫做“圣贤总是被本国人所轻视和嘲笑”，这句话在我和我已故的师父身上都应验了。

我说服自己说，科尼利厄斯只是一位睿智的学者，一个博学多闻之人，他只是在做科学研究。只要灵魂还留在肉体，人类就永远无法征服和超越自然的法则。科尼利厄斯酿造出的只是一种令人神清气爽的饮品，它比美酒更令人陶醉，比任何水果更加香甜可口；也许它具有某种效力强劲的药性，能使人身心愉悦、体力充沛，但药效正在体内慢慢挥发，终有一天会消失的。

我很幸运，品尝过这位伟大的学者亲手配制的药水，得到了身心的满足和喜悦，让我活力四射、精力充沛，甚至有可能会长寿，但我的好运仅此而已，因为长寿与永生有着天壤之别。

就这样，很多年过去了，我时常嘲笑自己，总是对着镜子看个没完，但怎么看都是一样的。我的额头上没有一丝皱纹，脸颊、双眼甚至整个人都青春依旧，永远停留在二十多岁时的样子。

我的苦恼与日俱增。看着贝莎昔日美丽的脸庞日渐衰老，现在的我看上去更像是她的儿子。而贝莎自己也越来越感到不安。她变得善妒而易怒，最后开始不断地质问我。虽然她的美貌如花朵一般渐渐枯萎凋零，但我爱她的心却依然如故，在我心中她仍是我全心爱慕的女神，是我用真心真意，费尽千辛万苦才娶到的妻子。

但是，有些困难和障碍即使最坚贞的爱情也无法克服和跨越。周围的邻居开始闲言闲语，说我是“鬼魅学徒”，并且散布谣言，说我跟师父的生前好友还保持暗中往来，暗地里搞些歪门邪道的勾当。我被人视作洪水猛兽，于是我们被迫迁离到二十英里外，一个没人认识我们的地方，靠售卖我们农场里的农产品为生。

一天，我们孤独地坐在炉火边。一个是内心苍老，但容貌年轻的小伙子，另一个是他年老色衰的妻子。贝莎又一次质问我，坚决要知道事情的真相。

于是我想，既然她如此逼迫我，那我最好还是把事情真相告诉她吧。我把事情尽可能轻描淡写地解释了一番，跟她我说只是会长寿，而没有告诉他我会永生。等我说完，我站起身说："我亲爱的贝莎，我要远走他乡，到陌生的地方独自生存下去，在那里没人会怀疑我，也没人认识我，因为我年轻力壮，可以凭一身的力气吃饭，养活自己。我曾经爱慕你年轻的容颜，即使你年华老去，我也依然对你不离不弃。但为了你的安全和幸福，我不得不离你而去。"

我拿起帽子，转身朝门口走去。突然贝莎搂住我的脖子，深情地吻上我的嘴唇。"不，我亲爱的丈夫，我的温兹，"她说，"不要一个人走，带我一起走吧。就像你说的，到一个陌生的地方，没人认识我们，也没人怀疑我们，咱们可以安然度日，请你不要离开我。"

于是我们悄悄地准备搬家，移居他乡。我们被迫卖出了大量的家产，反正留着也没用了。我们发现卖出家产换来的钱，已经足够我们生活，供贝莎养老。于是我们没有跟任何人道别，黯然地离开故乡，背井离乡，来到了法国西部的一个偏远的地方避难。

让可怜的贝莎远离故土，离开年轻时就认识的朋友们，来到一个陌生的国家，面对陌生的语言，适应陌生的环境，对她来说是件很残酷的事情。

但是这次搬家依然没有改变我这怪异而神秘的命运。

我对贝莎深感同情，不过我高兴地发现，她利用各种微小而有些可笑的手段，去弥补岁月给她带来的不幸。她使出浑身解数，擦胭抹粉，身穿妙龄少女的衣服，模仿少女的娇媚姿态，千方百计想掩饰我们之间年龄和外貌上的差别。每当我回忆起我曾经挚爱的贝莎，那个令我意乱情迷的女孩，脸上带着迷人的笑容，踏着如小鹿一般轻盈的步伐，扑进我的怀里，再看着眼前这个扭捏作态、发嗲装嫩、满腔妒火的老女人，我就深感难过，悲痛欲绝。

我不应该嫌弃她满脸的皱纹、干瘪的脸颊以及满头的银发，但看着她苍老的面容，的确令我触目惊心。

我知道，这是我的错，我不该有这样的想法。但这是人性中固有的缺点，我对此也深表遗憾和无奈。

贝莎的嫉妒之心从来都没有停歇过。尽管我在公开场合时，都把自己装扮得尽量老成，但她仍然整天盯着我不放。

有一次，她看见一位村里的美女别有用意地打量了我一眼，于是就立即给我买了一顶灰色的假发。她不断地跟认识的一些朋友说，虽然我外表看起来年轻，但其实是因为我得了一种怪病。她坚信，我的年轻是一种病态，我的外表越年轻，就代表我的病情越严重。她说，我应该时刻准备着，因为未来的某一天，就算我不是猝死或者暴毙，也会在某一天早上醒来时，发现自己变得白发苍苍、弯腰驼背、老态龙钟，一下子就老了好几十年。我任由她发挥想象，尽情编造各种故事，而且有时候也会在一旁跟她一起胡乱猜想。她的预言跟我的想法不谋而合，其实我也一直在猜测自己未来的命运。

虽然内心痛苦，但我仍装出兴致勃勃的样子，听她各种富有想象力和机智有趣的预言和猜测。

总之，我们就这样又共度了许多年。贝莎瘫痪在床，卧病不起，我悉心照料她，仿佛孩子在照顾自己的老母亲。她的脾气变得越来越暴躁，性情乖戾，而且始终在喋喋不休地问着一个问题，究竟我的寿命会比她长多少年。

对我来说，这个问题甚至会让我感到有些安慰，因为我尽职尽责、全心全意地履行了一个做丈夫的职责。她在年轻的时候属于我，年老之后，也是如此。最终，当我为她盖棺立墓之后，我掩面而泣，因为我失去了真正能把我与人类联系在一起的一切。

从此，我便沉浸在无尽的忧伤和愁苦之中，我的生命中再无任何快乐可言。

我的故事就说到这里吧，我不想再继续说下去了。我就像是一个在暴风雨中颠簸的水手，手上却没有舵盘和指南针；又仿佛是在荒野中迷路的旅人，没有地标或星辰的指引。这就是我，但我比水手更无助，比旅人更茫然。一艘正在驶来的船，或一盏从远处小屋里发出的光，都可以使他们得救。但我却始终望不见指路的灯塔，只有对死亡的满腔期盼，因为只有死亡才能给我带来希望。

死亡！我多么渴望坟墓中的安宁啊！坚不可摧的坟墓中，潜藏的是深深的寂静！一想到死亡，我就会心如止水，大脑停止运转，心中不再有任何复杂的情感，因为那些情感都是各种各样的悲伤和痛苦！

我会永生吗？我又回到了最初的那个问题。活得越久，我就越怕死，虽然我厌恶生命，但同时也害怕死亡。这种自相矛盾的悖论，只能发生在我这样的人身上——一个生来就注定要死亡，却命中注定要与自然法则相抗争的人。

但假如没有这种对死亡恐惧的心理，也许我早就已经死去。我曾经凝视着宁静湛蓝的湖水深处，也曾经凝望过湍流奔涌的江河，就像我刚才说过的那样，水中同样蕴藏着深深的寂静，如同坟墓一般。然而，我却每次都转头离去，准备再多活一天。我在问自己，如果自杀是唯一一个能够打开另一个世界大门的途径，那么算不算是一种罪恶呢?

于是，我又继续活了很多年，孑然一身，百无聊赖。渴望死亡，却不敢死去。

因为我是一个永生的凡人，我没有野心，也毫无贪念。我心中再也无法燃起炽热的爱恋，那种刻骨铭心的爱情再也无法重温，因为我再也找不到跟我一样的同类与我相恋。

生命，对我来说，就是一种折磨。

今天，我恰好想出了一个可以让我了结全部痛苦的计划。我无须自杀，也无须使他人成为杀害同胞的该隐[①]。我只需要进行一次远征，尝试一次以一个凡人之躯无法承受的挑战。这样我就可以验证我到底是不是永生者，我是会永世长眠，还是会继续活下去，成为人类的一个奇迹。

在我远征之前，出于可悲的虚荣心，我把想说的话写在了这几页纸上。我不会死，也不会说出我的真名。自从我喝下那灾难性的药水以来，已经过去了三个世纪。

明年结束之前，我会遇到各种巨大的艰难险阻和重重险境——在极地与冰雪对抗，遭受饥饿、劳苦和暴风雨的侵扰。对于渴求自由和解脱的灵魂而言，我的身体太过顽强，犹如坚固的老龙一般，所以我要把这副身躯交给恶劣的自然环境，让风雨严寒和冰天雪地来摧毁它。

假如我即使这样也能存活下来，那么我的名字将被载入史册，

---

①注：该隐是《圣经》中的杀亲者，是世界上所有恶人的祖先。是由人类祖先亚当以及其妻子夏娃最早所生的两个儿子之一，该隐为兄长。因为憎恶弟弟亚伯的行为，而把亚伯杀害，后受上帝惩罚。

成为世界上的伟人之一。倘若我真能完成这次远征任务，那么我会采取更为坚决的手段和方式，让我的身体灰飞烟灭，使囚禁在我体内的灵魂得到自由。

文 / 弗兰兹 · 卡夫卡 [奥匈]

译 / 王超

我是自由的，那就是我迷失的原因。

弗兰兹·卡夫卡

奥匈帝国小说家，本职为保险业职员。
主要作品有小说《审判》《城堡》《变形记》等。

近几十年来人们对饥饿艺术家的兴趣大大减弱了。曾经一个剧团经营这个演出很叫座，当初的盛况如今已是不可能重现了。

时代不同了。

当初饥饿表演风靡全城，观看热情随演出高涨，每人每天至少要看一次；之后更有买了长期票的人，整日在笼子栅栏前看。还有在夜里的参观，火把都加上了。天气晴朗时笼子要摆到空场上，这是为对饥饿艺术家特别有兴趣的孩子准备的。大人一般只是当作消遣赶时髦看看，儿童可是惊得目瞪口呆，为了安全手拉着手，看表演者面色灰白，穿身黑色紧身毛衣，肋骨兀然前突，他不屑于坐在椅子上，而是坐在笼子中的草堆上。

他时而颔首行礼，强作笑颜回答问题，同时也会把手伸出笼外让大家触摸，之后却又缩成一团，完全不理别人，对笼子中唯一也是最重要的东西——一座时钟，也毫不理会。他只是闭着眼睛，偶尔用小杯舔点水，润一下嘴唇。

除了来来往往的观众，还有从大众中选出的监察者，大多数是些屠夫。三个人一班，日里夜里监察着艺术家会不会用什么隐蔽的方式吃东西。这只是一种抚慰大众的方法而已，因为内行人都知道，饥饿艺术家在饥饿期间，不会在任何情况、任何压力下吃哪怕一丁点东西，其艺术的尊严不允许他这么做。

不过，不是每个看守人都能明白这点，渐渐就有了专门在夜间进行监察的看守团。看守人相当松懈，远远地坐着，只顾玩牌，目的明显，就是要给艺术家一个机会，好让他有机会吃东西。就是这种看守最让艺术家痛苦，让艺术家身心沉丧，让表演极其困难。几次他强打精神，在看守时间唱歌，是为了向人们证明，对自己的怀疑是多么不公。然而还是没什么帮助，人们反而惊叹于他的技巧，居然可以在吃东西的同时唱歌！

还有一些看守很讨艺术家的喜欢。

他们嫌大厅的灯光昏暗，用经纪人发的手电筒给艺术家照明。刺眼的灯光干扰不到艺术家，睡踏实是不能的，可简单打个盹没问题，不管在什么光照下，什么时间里，包括在拥挤喧闹的大厅里。

艺术家很喜欢和看守们一起过个通宵，给对方讲自己的漫游故事。也愿意听对方讲故事，目的是不让对方睡着，以此证明自己没有在笼子中吃东西，也没有人能如他这般表演饥饿。而最幸福的是，当天亮了，他自掏腰包给众人买丰富的早饭，他看着一群熬了整夜的人以健康人的食欲大吃大嚼。

当然，对于饥饿艺术家的质疑就没有断过。因为没有人可以真正不分日夜地守在饥饿艺术家身边观察。只有艺术家自己能知道，所以只有他自己是对自己的饥饿表演感到满意的观众。

还有另外一个原因，他不是很能让别人满意，很多人出于怜悯，不再看他的演出。他发现除了自己以外，就算是行家也不知道饥饿是如此容易。

这是世界上最容易的事情。他自己不隐瞒，可是别人不信。

从好的方面说，大家觉得他是故作谦虚。而大部分人都觉得他这是胡说八道，或者干脆把他当成江湖骗子。多年以来，他已经习惯了，但是内心的不满仍然折磨着他。从没有一次表演结束后他是自愿离开笼子的。经纪人为表演定的期限是40天，超过了时限他就不能再继续饥饿下去。

哪怕是在大城市，哪怕他的情况很好。

经验表明，40天内人们可以逐渐通过公共媒体激发起对演出的兴趣，之后大家就厌倦了，表演变得无人问津。不同的城市乡村略有不同，但是表演期限最多为40天的规定都是通用的。

故而到第40天打开笼子，笼子周围鲜花环绕，露天剧场人山人海，军乐团奏乐，两名医生列于笼子两旁，为艺术家做必要的检查和测量，然后用麦克风向全场宣布结果。最后上来两位年轻女士，她们是特地挑选出的幸运儿，由她们将艺术家从笼中搀出来，到小桌上吃精心准备的病人餐。

艺术家一直对这些很抗拒。

为什么四十天就停止呢？他本可以长久地无限期地饿下去。为什么在他达到最佳饥饿状态的紧要关头就停止呢？为什么要剥夺他的荣誉，要阻止他成为最伟大的饥饿艺术家呢？当然他也已经是了。另外，他还可以达到常人无法理解的境地，让人感觉他的艺术是没有止境的。为什么先前惊讶于他的表演的观众，不能再多一点耐心呢？他本人尚可继续饥饿，为什么观众就不继续坚持看下去呢？

他现在非常疲惫，本可舒服地坐在草上，然而又必须擎起高瘦的身躯，前去吃东西。这一切让他感到恶心，只是碍于两位女士的友善才压了下去。他抬头望向那二位看似友善，实则让他觉得残忍的女士，摇着他细脖子上过分沉重的头。但是该来的总还是来了。

经纪人上前，因为有音乐而没有说话，他双手举在艺术家头顶，好像在邀请上帝看一看其在草堆上的作品——值得怜悯的殉道者。

艺术家当然是另一种意义上殉道者。艺术家的细腰被抱起，经纪人用夸张的表现让人相信他拿的是一件极易损坏的物品。经纪人还暗中将艺术家晃一晃，于是艺术家的腿和上身都不受控制地摇摆起来。接着他把人交到两位吓得脸色苍白的女士手上。此时艺术家只能任人摆布了。他的头垂在胸前，像是不听使唤滚到那里，又莫名其妙的一动不动，他的双腿出于生存本能在膝盖处内扣，擦着地，似乎那不是先前触碰的真正地面。艺术家极轻的身子落到了其中一位女士身上。

她是前来服侍的，这时细细地喘着气，没想到之前说到的荣耀工作，竟是现在这样的场面。她脖子尽量向前，企图避免艺术家碰到她的脸。她的一位同伴也并没有上来帮她，只是颤颤巍巍地握着艺术家的手，那一把骨头，继续向前走。

在满堂的哄笑中女士不禁哭了起来，只能由在旁边策应的服务员替了下来。接下来是就餐环节，经纪人在艺术家接近昏迷状态下给他灌了一点流食，并说点逗闷的闲话，分散大家对艺术家情况的注意力。然后艺术家在经纪人耳边低语了几句，经纪人就开始向大家敬酒。

管弦乐队大吹大擂，人影流动。没有人对这件事情不满，没有人呀，只有艺术家。永远只有他。

艺术家的生活多年来一直在演出、短期休整之间调整。他光华闪耀，虽然闻名世界，却始终心情忧郁，有增无减，自觉没有人能真正理解他。人们该怎么劝解他呢？他又在希望着什么呢？一旦有好心人前来可怜他，并且告诉他，他的忧郁事实上是饥饿引起的，艺术家就会报之以恼怒，尤其是在表演饥饿之后，他如笼子中的野兽似的扯动栏杆，非常吓人。

对此局面，经纪人向公众解释道，饥饿艺术家这些行为是由于饥饿造成的，而吃饱的人并不容易理解。他话锋一转讲到艺术家那需要解释的行为，说艺术家可以饿得更久。经纪人夸奖艺术家执著追求的善良愿望和伟大的自我牺牲精神，接着经纪人就拿出一叠可供出售的照片，又轻而易举地驳斥了艺术家的说法。照片中人们看到持续饥饿了 40 天的艺术家躺在床上，几乎力竭虚脱。这种用意真让艺术家无法忍受，本来他已经安之若素，但事实却不断被歪曲。这明明是提前结束饥饿的结果，可人们却把它当作了原因。

对抗不理解，对抗这不理解的世界都是徒劳的。

经纪人讲话的时候艺术家还满怀希望地握着笼子栏杆，但是照片出现的时候他就走开了，瘫坐在草垛中。而被抚慰后的观众又围上来观看他。

几年之后，当年的见证者们对饥饿艺术都觉得不明所以了。这几年间发生了大变故，总之，从某一天开始，备受青睐的饥饿艺术家被那些爱热闹的观众抛弃了，后者转去看别的表演了。经纪人又一次带着他走遍了半个欧洲去寻找是不是还有人对他感兴趣。然而一切都是徒劳，对表演饥饿的厌恶成了一种观众们秘密达成的默契。

现如今艺术家还能做些什么呢？他这样接受过万人拥赞的人，是不该在小市集出现的，而如果说改行做别的，艺术家不仅年龄大了，而且由于对饥饿事业投入太甚，他也分不出心思去做别的了。

于是他挥别了陪伴了他整个职业生涯的经纪人，转而加入一个大马戏团去了。出于清高，艺术家本人完全没有看签合同给的条件。

大马戏团有无数的人员、动物和器械要替换和补充，无论什么样的人马戏团都需要，连饥饿艺术家也是，当然条件要适当，不能过分。这次的情况不仅是艺术家本人的加入，他昔日的大名也随他一同加入了马戏团。因为这项技艺不随年龄增长而衰退，人们也就不能说，这是一个水平不再鼎盛的老艺术家到团里来养老。相反，艺术家保证，他饥饿的水平和从前一样高，甚至他断言，只要能由着他来，他定可以真正做到震惊世界。艺术家一时激动，忘记了时代的语境，引起了同僚的嘲笑。

当然艺术家并不缺乏对世事实情的认知。他接受了新待遇——没被安排在舞台最醒目的位置，而是在走入兽场的必经之路上，俗艳的大美术字标清了演的是什么。当观众在演出间隙走到兽场看动物时，就会不可避免地经过饥饿艺术家，他们都要稍停几步，如果人们能理解到，人群不都是只看动物的，那大家还可以静静地多看一会。这就是为什么艺术家在梦寐以求的观赏面前，不住颤抖的原因，这是他生命的目的。

一开始他迫不及待地渴望马戏团的演出间隙，看到吵闹的人群向自己走来时不住发抖，后来才发现观众永远都是去看动物的，而他自欺欺人都无法说服自己。然而从远处看到众人朝自己走来的感觉还是挺好的。

当观众走近了，艺术家便会陷入川流不息的人潮中，混杂着喊声和叫骂声。先来的一群人想悠哉地看艺术家，不是因为对其有理解，而完全是出于对后面观众的赌气，这让艺术家更加痛苦。而后面来的人，只想去看动物。等大队人马过后，还有几个姗姗来迟的，如果他们要看艺术家，完全没有人妨碍，可这些人也都是大步流星，目不斜视，径直向兽场走去。

偶尔也有幸运的时候，一位父亲带着儿子来，手指着艺术家，详细地说着当初他做着类似但无与伦比的演出。小学生由于没有足够的学识和生活阅历，总是理解不了什么是饥饿。然而，从他闪闪发光的眼眸里流出了一些新的、更仁慈的东西。有时候艺术家想，如果他离兽场远一点就更好了，像现在这样，人们很容易选择去看野兽。

但是他也不能向管理者提出意见。毕竟自己还得感谢兽场带来的游客。如果管理者知道自己在这里，只是观众通往兽场的一个小小障碍，那么，他又会被安排到哪里去呢？

人们如今已习惯还有人对饥饿艺术家感兴趣这种怪事，而这也是对艺术家命运的宣判。他表演饥饿是如此之好，只有他能做，而没有什么能拯救他了，人们只从他身边扬长而去。

笼子上的美术字脏得看不清了，被撕了下去，也没有人想到要换新的，饥饿时长记录板起先每天都有人特地更新，现在也好久没有人管了，因为第一个星期之后，管的人也不耐烦这活计了。饥饿艺术家继续饥饿着，如他曾经梦想的那样，他表演起饥饿来毫不费力。

没有人计算天数，哪怕艺术家本人都不知道多少天了。如果有一天一个无赖来到计数板前奚落一番，说这是个把戏，那真是人类在冷漠和天生的恶意上虚构出的最愚蠢的谎言。

艺术家没有欺人，他诚实地工作，而世人骗取了他的工钱。

又过了好多天，事情终于有了结局。那天一个管事的注意到了笼子，问服务生，为什么放着完好的笼子不用。没有人知道这是怎么回事，直到看到了计数板才想起来有个饥饿艺术家。大家搬开了草，发现饥饿艺术家在里面。

“你还在演饥饿？”管事的问，“你什么时候停下来？”

“请各位原谅。”艺术家微声说着，管事的只有耳朵贴着笼子才听清。

“当然，”管事说道，手放在额头上，示意艺术家情况不佳，“我们原谅你。”

“我一直希望你们能惊叹我的表演。”艺术家说。

“我们惊叹。”管事的附和着。

“你们其实不用惊叹。”艺术家说。

“好，我们不惊叹。”管事的说，“为什么我们不用惊叹呢？”

“因为我必须饿，我不会别的。”艺术家说。

“太奇怪了。”管事的说，“为什么你不会别的呢？”

“因为我……”艺术家勉强抬起头，嘴像接吻一样贴着管事的的耳朵，保证他能听全，“因为我找不到合适自己的食物，一旦我找到了，相信我，我会不顾表演，像其它正常人一样吃到饱的。”

这是艺术家的遗言，在他那瞳孔已散开的眼睛里，不再有骄傲的宣示，留下的是坚定的信念，他要继续饿下去。

“好了，规整规整吧！”管事的说。

于是大家把艺术家连烂草一起埋了。有人在笼子中换上了一只小豹。它什么也不缺，也没有因失去自由而惆怅。它身份高贵，应有尽有，不仅有利爪，还随身带着自由，自由好像就藏在牙齿的某个地方。它血盆大口中的啸声表现着对生命的欢乐，以至于观众很受不了它的这种欢乐。

但他们克制住自己，围在笼子旁，不肯离去。

总 经 理 | 常蓦尘

总 编 辑 | 熊 嵩

执行总编 | 罗晓琴

执行策划 | 郝临风

装帧设计 | 赵一麟

设计总监 | 李 婕

产品经理 | 郭 昕

运营总监 | 蒋 雷

印 务 | 谭坤杰

流程校对 | 汤诗蕊 郝临风 郭 昕

宣传营销 | 蒋 惊

总出品 漫娱图书

图书在版编目（CIP）数据

爱伦·坡与太宰治的一次会面 /（日）太宰治等 著；王新禧等 译．
—武汉：长江出版社，2019.6
ISBN 978-7-5492-6500-8
Ⅰ．①爱… Ⅱ．①太… ②王… Ⅲ．①短篇小说－小说集－世界
Ⅳ．①I14
中国版本图书馆 CIP 数据核字（2019）第 109887 号

爱伦·坡与太宰治的一次会面 /（日）太宰治等 著 王新禧等 译

出　　版　长江出版社
（武汉市解放大道1863号　邮政编码：430010）
市场发行　长江出版社发行部
网　　址　http://www.cjpress.com.cn
责任编辑　陈　辉　罗紫晨
装帧设计　赵一麟
印　　刷　上海盛通时代印刷有限公司
版　　次　2019年6月第1版
印　　次　2019年6月第1次印刷
开　　本　880mm×1230mm 1/32
印　　张　8
字　　数　166千字
书　　号　ISBN 978-7-5492-6500-8
定　　价　35.00元

电话：027-82926557(总编室)　027-82926806（市场营销部）